Johann Most

Kapital und Arbeit

»Das Kapital« von Karl Marx
in einer handlichen Zusammenfassung

Johann Most: Kapital und Arbeit. »Das Kapital« von Karl Marx in einer handlichen Zusammenfassung

Entstanden während eines achtmonatigen Gefängnisaufenthalts wegen Majestätsbeleidigung in Zwickau. Erstdruck: Chemnitz, Selbstverlag, 1873. Hier nach der zweiten, von Karl Marx redigierten Auflage.

Neuausgabe
Herausgegeben von Karl-Maria Guth
Berlin 2017

Umschlaggestaltung von Thomas Schultz-Overhage unter Verwendung des Bildes: Johann Most, 1895

Gesetzt aus der Minion Pro, 11 pt

Die Sammlung Hofenberg erscheint im
Verlag der Contumax GmbH & Co. KG, Berlin
Herstellung: BoD – Books on Demand, Norderstedt

ISBN 978-3-7437-1775-6

Bibliografische Information der Deutschen Nationalbibliothek

Die Deutsche Nationalbibliothek verzeichnet diese Publikation in der Deutschen Nationalbibliografie; detaillierte bibliografische Daten sind im Internet über www.dnb.de abrufbar.

Inhalt

Vorwort

Schon seit dem Entstehen der kapitalistischen Produktionsweise zeigt sich ein Streben, dieselbe wieder zu beseitigen und an deren Stelle eine gerechtere, gemeinnützigere zu errichten. Bald da, bald dort ließen sich diesbezügliche Stimmen vernehmen, allein es waren meist einseitige Klagelieder über die bestehenden Zustände, gepaart mit phantastischen Träumereien über zukünftige Gesellschaftsgebilde, Projekte, welche sich zwar eigneten, dem armen, gequälten Volke Trost und Hoffnung einzuflößen, die aber sonst von gar keiner Bedeutung waren und daher in der Regel bald ins Reich der Vergessenheit wanderten.

Erst in der Neuzeit gewannen die Bestrebungen, welche auf eine Umgestaltung der heutigen Produktionsweise resp. der heutigen Gesellschaft abzielen, festen Grund und praktische Stützpunkte – zum Schrecken aller Volksfeinde. Hier und da treiben zwar noch etliche unklare Köpfe oder bestochene Kreaturen der Reaktion ein frevelhaftes Spiel mit dem Volke, indem sie ihm Utopien vorgaukeln, allein die Erkenntnis bricht sich unter den arbeitenden Klassen zusehends Bahn, so dass die Zeit nicht mehr allzu ferne sein dürfte, wo selbst der schlichteste Proletarier über tragikomische Wahngebilde dieser Art nur noch mitleidig die Achseln zuckt, Eine Zukunft hat eben nur der wissenschaftliche Sozialismus.

Seit dem Erscheinen des »Kapital« von Karl Marx hat der moderne Sozialismus eine feste Grundlage, eine unbesiegbare Waffe erlangt. Dieses Werk zerstört zwar alle optimistischen Illusionen, weil es darlegt, dass keine Gesellschaft nach individuellen Plänen ausgeklügelt und gemacht werden kann; es beseelt aber andererseits jeden klardenkenden Sozialdemokraten mit der vollsten Siegeszuversicht, weil es beweist, dass der Kapitalismus die Keime des Sozialismus resp. Kommunismus in sich birgt und dass ersterer mit naturgesetzlicher Notwendigkeit und durch seine eigenen Gesetze sich zum letzteren fortentwickeln muss.

»Das Kapital« hat bereits, obgleich erst der 1. Band erschienen ist, eine große Verbreitung erlangt, allein in die Massen des arbeitenden Volkes ist es noch nicht so recht eingedrungen. Der Preis des Werkes, obgleich derselbe nicht einmal mit dem äußeren Umfange desselben, geschweige denn mit der darin enthaltenen Riesenarbeit im Einklange steht, ist bei der jammervollen Lage, in der die Arbeiter schmachten, einer solchen Verbreitung, wie sie wünschenswert wäre, hinderlich. Außerdem steht dem Verständnis des Buches – ich, der ich selbst Proletarier bin, darf dies schon hervorheben – die Unbildung des Volkes im Wege. Es ist wahr, Marx hat sich Mühe gegeben, so populär zu schreiben, wie es die Wissenschaftlichkeit des Stoffes nur immer zuließ, allein er setzte doch eine Vorbildung voraus, die, dank der systematisch betriebenen Volksverdummung, nicht allgemein vorhanden ist.

Um nun den Arbeitern wenigstens das Wesentlichste dieses hochwichtigen Werkes zum billigen Preis und in leichtfasslichen Formen gekleidet zugänglich zu machen, habe ich unter anderem meine Zwangsmuße dazu benutzt, das »Kapital« auszugsweise zu popularisieren.

Vieles habe ich wörtlich oder nur mit geringen Abänderungen – hauptsächlich unter Vermeidung der nicht allgemein gebräuchlichen Fremdwörter – wiedergegeben. Manches jedoch glaubte ich nur summarisch ausführen zu sollen, und einiges, was mir unwesentlich zu sein schien, habe ich ganz übergangen. Ungern nahm ich Abstand, die zahlreichen Daten, welche die Lage der arbeitenden Klassen des näheren charakterisieren, anzuführen, allein der gedrängte Raum, welchen eine Broschüre, die agitatorisch wirken soll, nicht überschreiten darf, verpflichtete mich dazu, übrigens dürfte jeder Arbeiter aus eigener Erfahrung wissen, wie es in dieser Hinsicht steht. Eingeteilt habe ich die Arbeit mehr oder weniger willkürlich, wie es mir der größeren Leichtfasslichkeit wegen geboten erschien.

Wenn die vorliegende Broschüre manchem die Augen öffnet, habe ich meinen beabsichtigten Zweck erreicht. Ich kann aber schließlich nicht unterlassen, jeden, der die Mittel dazu hat, zur Anschaffung des Marxschen Werkes zu ermuntern, was hiermit geschieht.

Zwickau, im Oktober 1873.

Und nun Gruß und Handschlag den Lesern!

Joh. Most

Ware und Geld

Der Reichtum der Gesellschaften, in welchen kapitalistische Produktionsweise herrscht, erscheint als eine ungeheure Warensammlung, die einzelne Ware als seine Elementarform.

Ein Ding, welches sich eignet, menschliche Bedürfnisse irgendeiner Art zu befriedigen, als Gebrauchsgegenstand zu dienen, ist ein Gebrauchswert. Um Ware zu werden, muss es noch eine andere Eigenschaft besitzen – Tauschwert.

Der Tauschwert ist das Größenverhältnis, worin nützliche Dinge einander gleich gelten und daher miteinander austauschbar sind, z. B. 20 Ellen Leinwand = (gleich) 1 Zentner Eisen. Aber verschiedene Dinge sind nur vergleichbare Größen, wenn sie gleichnamige Größen sind, d. h. Vielfache oder Teile derselben Einheit eines ihnen Gemeinsamen. Also können auch in unsrem Beispiel 20 Ellen Leinwand nur gleich 1 Zentner Eisen sein, sofern Leinwand und Eisen etwas Gemeinsames darstellen, wovon gerade soviel in 20 Ellen Leinwand steckt als in 1 Zentner Eisen. Dies Dritte, beiden Gemeinsame, ist ihr Wert, welchen jedes der beiden Dinge, unabhängig vom andern, besitzt. Es folgt daher, dass der Tauschwert der Waren nur eine Ausdrucksweise ihres Wertes ist, nur die Form, die ihr Wertsein zum Vorschein bringt und so zur Vermittlung ihres wirklichen Austauschs dient. Wir kommen später auf diese Wertform zurück, wenden uns aber zunächst zu ihrem Inhalt, dem Warenwert.

Der Wert der Waren, der sich in ihrem Tauschwert ausdrückt, besteht aus nichts andrem als der Arbeit, die in ihrer Erzeugung verbraucht wird oder in ihnen vergegenständlicht ist. Doch muss man sich genau klarmachen, in welchem Sinne die Arbeit die einzige Quelle des Wertes ist.

In unentwickelten Gesellschaftszuständen verrichtet derselbe Mensch abwechselnd Arbeiten sehr verschiedener Art; bald bestellt er den Acker, bald webt, bald schmiedet, bald zimmert er usw. Aber wie mannigfach seine Beschäftigungen seien, sie sind doch immer nur verschiedene nützliche Weisen, worin er sein eigenes Hirn, seine Nerven, Muskeln, Hände usw. verwendet, worin er mit einem Wort seine eigene Arbeitskraft verausgabt. Seine Arbeit bleibt stets Kraftaufwand – Arbeit schlechthin –, während die nützliche Form dieses

Aufwands, die Arbeitsart, je nach der von ihm bezweckten Nutzleistung wechselt.

Mit dem gesellschaftlichen Fortschritt vermindern sich nach und nach die verschiedenen nützlichen Arbeitsarten, welche dieselbe Person der Reihe nach, verrichtet; sie verwandeln sich mehr und mehr in selbstständige, nebeneinanderlaufende Berufsgeschäfte verschiedener Personen und Personengruppen. Die kapitalistische Gesellschaft aber, wo der Produzent von vornherein nicht für eigenen, sondern für fremden Bedarf, für den Markt produziert, wo sein Produkt von Haus aus bestimmt ist, die Rolle der Ware zu spielen, ihm selbst daher nur als Tauschmittel zu dienen – die kapitalistische Gesellschaft ist nur möglich, sobald sich die Produktion bereits zu einem vielgliedrigen System selbstständig nebeneinander betriebener nützlicher Arbeitsarten entwickelt hat, zu einer weitverzweigten gesellschaftlichen Teilung der Arbeit.

Was aber früher für ein Individuum galt, welches abwechselnd verschiedene Arbeiten verrichtet, gilt jetzt für diese Gesellschaft mit ihrer gegliederten Arbeitsteilung. Der nützliche Charakter jeder besonderen Arbeitsart spiegelt sich wider in dem besonderen Gebrauchswert ihres Produkts, d. h. in der eigentümlichen Formveränderung, wodurch sie einen bestimmten Naturstoff einem bestimmten menschlichen Bedürfnisse dienstbar gemacht hat. Aber der selbstständige Betrieb jeder dieser unendlich mannigfachen nützlichen Arbeitsarten ändert nichts daran, dass eine wie die andere Verausgabung menschlicher Arbeitskraft ist, und nur in dieser ihnen gemeinsamen Eigenschaft von menschlichem Kraftaufwand bilden sie den Warenwert. Der Wert der Waren besagt weiter nichts, als dass die Herstellung dieser Dinge Verausgabung menschlicher Arbeitskraft gekostet hat, und zwar der gesellschaftlichen Arbeitskraft, da bei entwickelter Teilung der Arbeit jede individuelle Arbeitskraft nur noch als ein Bestandteil der gesellschaftlichen Arbeitskraft wirkt. Jede Menge individueller Arbeit – im Sinne von Kraftaufwand – zählt daher fortan auch nur als größere oder geringere Menge von gesellschaftlicher Durchschnittsarbeit, d. h. von Durchschnittsaufwand der gesellschaftlichen Arbeitskraft. Je mehr Durchschnittsarbeit in einer Ware vergegenständlicht ist, desto größer ist deren Wert.

Würde die zur Herstellung einer Ware notwendige Durchschnittsarbeit sich beständig gleichbleiben, so bliebe auch deren Wertgröße unverändert. Dies ist aber nicht der Fall, weil die Produktivkraft der Arbeit durch den Durchschnittsgrad des Geschickes der Arbeiter, die Entwicklungsstufe der Wissenschaft und ihre technische Anwendbarkeit, die gesellschaftlichen Kombinationen des Produktionsprozesses, den Umfang und die Wirkungsfähigkeit der Produktionsmittel und durch Naturverhältnisse bestimmt wird, also sehr verschiedenartig sein kann. Je größer die Produktivkraft der Arbeit, desto kleiner die zur Herstellung eines Artikels erheischte Arbeitszeit, desto kleiner die in ihm kristallisierte Arbeitsmasse, desto kleiner sein Wert. Umgekehrt, je kleiner die Produktivkraft der Arbeit, desto größer die zur Herstellung eines Artikels notwendige Arbeitszeit, desto größer sein Wert. Dass hier nur von der jeweiligen gesellschaftlich normalen Produktivkraft und der ihr entsprechenden gesellschaftlich notwendigen Arbeitszeit die Rede ist, versteht sich von selbst. Der Handweber braucht z. B. mehr Arbeit als der Maschinenweber, um eine bestimmte Anzahl Ellen zu liefern. Er erzeugt deshalb keinen höheren Wert, sobald die Maschinenweberei einmal eingebürgert ist. Es wird dann vielmehr die ganze Arbeit, welche bei der Handweberei mehr verbraucht wird, als zur Herstellung einer gleichen Warenmenge durch die Maschinenweberei nötig wäre, nutzloser Kraftaufwand und bildet daher keinen Wert.

Dinge, welche nicht durch Arbeit entstanden sind, wie z. B. Luft, wildwachsendes Holz etc., können wohl Gebrauchswert haben, nicht aber Wert. Andererseits werden Dinge, welche die menschliche Arbeit erzeugt, nicht zu Waren, wenn sie nur zur Befriedigung von Bedürfnissen ihrer unmittelbaren Erzeuger dienen. Um Ware zu werden, muss ein Ding fremde Bedürfnisse befriedigen, also gesellschaftlichen Gebrauchswert haben.

Kehren wir jetzt zum Tauschwert zurück, also zur Form, worin sich der Wert der Waren ausdrückt. Diese Wertform entwickelt sich nach und nach aus und mit dem Produktenaustausch.

Solange die Produktion ausschließlich auf den Selbstbedarf gerichtet ist, kommt Austausch nur selten vor und nur mit Bezug auf den einen oder anderen Gegenstand, wovon die Austauschenden gerade einen Überfluss besitzen. Es werden z. B. Tierfelle gegen Salz ausgetauscht, und zwar zunächst in ganz zufälligem Verhältnisse. Bei öfterer Wiederholung des Handels wird das Austauschverhältnis schon näher bestimmt, so dass sich ein Tierfell nur gegen eine gewisse Menge Salz austauscht. Auf dieser untersten Stufe des Produktenaustausches dient jedem der Austauschenden der Artikel des andern als Äquivalent (Gleichwertiges), d. h. als ein Wertding, das als solches nicht nur mit dem von ihm produzierten Artikel austauschbar ist, sondern auch der Spiegel ist, worin der Wert seines eigenen Artikels zum Vorschein kommt.

Die nächst höhere Stufe des Austausches finden wir noch heute, z. B. bei den Jägerstämmen Sibiriens, die sozusagen nur einen für den Austausch bestimmten Artikel liefern, nämlich Tierfelle. Alle fremden Waren, die man ihnen zuführt, Messer, Waffen, Branntwein, Salze etc., dienen ihnen als ebenso viele verschiedene Äquivalente ihres eigenen Artikels. Die Mannigfaltigkeit der Ausdrücke, welche der Wert der Tierfelle so erhielt, machten es zur Gewohnheit, sich ihn vom Gebrauchswert des Produkts getrennt vorzustellen, während andererseits die Notwendigkeit, denselben Wert in einer stets wachsenden Anzahl verschiedener Äquivalente zu berechnen, zur festen Bestimmung seiner Größe führte. Der Tauschwert der Tierfelle besitzt also hier schon eine viel ausgeprägtere Gestalt als bei dem früher nur vereinzelten Produktenaustausch, und diese Dinge selbst besitzen daher nun auch in ungleich höherem Grade schon den Charakter von Ware.

Betrachten wir jetzt den Handel von Seiten der fremden Warenbesitzer. Jeder derselben muss den sibirischen Jägern gegenüber den Wert seines Artikels in Tierfellen ausdrücken. Letztere werden so das allgemeine Äquivalent, welches nicht nur gegen alle die fremden Waren unmittelbar austauschbar ist, sondern auch ihnen allen zum gemeinsamen Wertausdruck, daher auch zum Wertmesser und Wertvergleicher dient. In anderen Worten: Das Tierfell wird innerhalb dieses Gebiets des Produktenaustauschs zu – Geld. In derselben Art hat überhaupt bald diese, bald jene Ware in engerem oder weiterem Kreise die Rolle des Geldes gespielt. Mit der Verallgemeinerung des Warenaustausches geht diese Rolle auf Gold und Silber über, d. h. auf Warenarten, welche von Natur am besten zu diesem Dienste taugen. Sie werden das allgemeine Äquivalent, welches gegen alle anderen Waren unmittelbar austauschbar ist und worin letztere allesamt ihre Werte ausdrücken, messen und vergleichen. Der in Geld ausgedrückte Wert der Ware heißt ihr Preis. Die Wertgröße von 20 Ellen Leinwand z. B. drückt sich in einem Preise von 10 Talern aus, wenn

20 Ellen Leinwand = ½ Unze Gold und 10 Taler der Geldname für ½ Unze Gold ist.

Wie jede Ware, kann das Geld seine eigene Wertgröße nur in anderen Waren ausdrücken. Sein eigener Wert ist bestimmt durch die zu seiner Produktion erheischte Arbeitszeit und drückt sich in dem Quantum jeder anderen Ware aus, worin gleich viel Arbeitszeit geronnen ist. Man lese die einzelnen Posten eines Preiskurantes rückwärts, und man findet die Wertgröße des Geldes in allen möglichen Waren ausgedrückt.

Vermittelst des Geldes wird der Produktenaustausch in zwei verschiedene und einander ergänzende Vorgänge zerlegt. Die Ware, deren Wert bereits in ihrem Preise ausgedrückt ist, wird in Geld verwandelt und dann wieder aus ihrer Geldgestalt in eine andere, zum Gebrauche bestimmte Ware von gleichem Preise rückverwandelt. Was aber die handelnden Personen betrifft, so veräußert ein Warenbesitzer erst seine Ware an einen Geldbesitzer, verkauft und tauscht dann mit dem gelösten Gelde Artikel eines anderen Warenbesitzers ein, er kauft. Es wird verkauft, um zu kaufen. Die Gesamtbewegung der Ware nennt man – Warenzirkulation.

Auf den ersten Blick scheint es, als ob die Menge des in einem Zeitabschnitt umlaufenden Geldes lediglich durch die Preissumme aller räumlich nebeneinander zum Verkauf gelangenden Waren bestimmt sei, allein dem ist nicht so. Werden z. B. 3 Pfd. Butter, 1 Bibel, 1 Flasche Schnaps und 1 Kriegsdenkmünze von vier verschiedenen Verkäufern an vier verschiedene Käufer gleichzeitig zu je 1 Taler entäußert, so sind in der Tat zur Bewerkstelligung dieser vier Verkäufe zusammen 4 Taler nötig. Verkauft aber der eine seine Butter und trägt den erlangten Taler zum Bibelhändler, der seinerseits wieder für 1 Taler Schnaps kauft, und schafft sich der Schnapsbrenner für diesen Taler eine Kriegsdenkmünze an, so ist zur Bewerkstelligung des Umlaufs von Waren, die zusammen einen Preis von 4 Taler haben, nur 1 Taler nötig. Wie im Kleinen, so im Großen. Die Menge des umlaufenden Geldes wird daher bestimmt durch die Preissumme der räumlich nebeneinander zum Verkauf gelangenden Waren, dividiert durch die Anzahl der gleichzeitigen Umläufe der nämlichen Geldstücke.

Zur Vereinfachung des Zirkulationsprozesses werden bestimmte Gewichtsteile der als Geld anerkannten Dinge mit eigenen Namen belegt und in festen Gestalten ausgeprägt, d. h. zu Münze gemacht.

Da sich aber Gold- oder Silbermünzen im Umlauf verschleißen, ersetzt man sie teilweis durch Metalle von niederem Wert. Die geringsten Bruchteile der kleinsten Goldmünze z. B. werden durch Marken aus Kupfer etc. (Scheidemünze) vertreten; endlich stempelt man fast wertlose Dinge zu Geld, z. B. Papierzettel, welche eine bestimmte Menge von Gold oder Silber symbolisch (sinnbildlich) darstellen. Letzteres ist ganz unmittelbar der Fall bei Staatsnoten mit Zwangskurs.

Wird Geld aus der Zirkulation herausgenommen und festgehalten, so entsteht Schatzbildung. Wer Waren verkauft, ohne neuerdings solche zu kaufen, ist Schatzbildner. Bei Völkern mit unentwickelter Produktion, z. B. bei den Chinesen, wird die Schatzbildung ebenso emsig als planlos betrieben; man vergräbt Gold und Silber.

Aber auch in Gesellschaften mit kapitalistischer Produktionsweise ist Schatzbildung notwendig. Da Masse, Preise und Umlaufsgeschwindigkeit der in Zirkulation befindlichen Waren beständigem Wechsel unterworfen sind, erfordert auch ihre Zirkulation bald weniger, bald mehr Geld. Es sind also Reservoirs (Behälter) nötig, wohin Geld aus dem Umlauf abfließt und woraus es, je nach Bedarf, wieder in Umlauf kommt. Die entwickeltste Form solcher Zufuhr- und Abzugskanäle des Geldes oder Schatzkammern sind die Banken. Als Notwendigkeit stellen sich solche Einrichtungen um so mehr heraus, je weniger in der entwickelten bürgerlichen Gesellschaft der Warenumlauf: Ware-Geld-Ware sich in bezug aufs Geld in direkt greifbarer Form vollzieht. Abgesehen vom eigentlichen Kleinhandel funktioniert vielmehr das Geld vorzugsweise als bloßes Rechengeld und in letzter Instanz als Zahlungsmittel. Käufer und Verkäufer werden Schuldner und Gläubiger. Die Schuldverhältnisse werden durch Bescheinigungen festgestellt, mittelst welcher die verschiedenen, bei der Warenzirkulation beteiligten, bald kaufenden, bald verkaufenden Personen die gegenseitig sich schuldenden Summen ausgleichen. Nur die Differenzen werden von Zeit zu Zeit durch eigentliches Geld getilgt. Tritt bei diesem Verfahren eine allgemeine Stockung ein, so nennt man dies eine Geldkrise, die sich dadurch fühlbar macht, dass jedermann leibhaftiges Geld verlangt und vom ideellen nichts wissen will.

Von besonderer Wichtigkeit sind die Schatzreservoirs für den Weltverkehr, da das Weltgold in der Regel in Form von Gold- und Silberbarren auftritt.

Kapital und Arbeit

Wie wird nun Geld in Kapital verwandelt?

Von Kapital kann überhaupt nur die Rede sein in einer Gesellschaft, die Waren produziert, bei welcher Warenzirkulation besteht, die Handel treibt. Nur unter diesen historischen Voraussetzungen kann Kapital entstehen. Von der Schöpfung des modernen Welthandels, und Weltmarkts im 16. Jahrhundert datiert die moderne Lebensgeschichte des Kapitals.

Historisch tritt das Kapital dem Grundeigentum überall zunächst in der Gestalt von Geld gegenüber, von Geldvermögen, Kaufmannskapital und Wucherkapital, Geld als Geld und Geld als Kapital unterscheiden sich zunächst nur durch ihre verschiedene Zirkulationsform.

Neben der unmittelbaren Form der Warenzirkulation, verkaufen, um zu kaufen (Ware-Geld-Ware), tritt nämlich auch noch eine andere Zirkulationsform auf; kaufen, um zu verkaufen (Geld-Ware-Geld). Hier spielt nun das Geld bereits die Rolle des Kapitals. Während bei der einfachen Warenzirkulation durch Vermittelung des Geldes Ware gegen Ware ausgetauscht wird, tauscht man bei der Geldzirkulation durch Vermittelung der Ware Geld gegen Geld aus.

Wollte man auf diesem Wege Geld gegen gleich viel Geld, z. B. 100 Taler gegen 100 Taler austauschen, so wäre dies ein ganz abgeschmacktes Verfahren; es wäre viel vernünftiger, wenn die 100 Taler von vornherein festgehalten würden. Solch ein zweckloser Austausch wird aber niemals beabsichtigt, sondern man tauscht Geld gegen mehr Geld aus, man kauft, um teurer zu verkaufen.

Bei der einfachen Warenzirkulation fällt sowohl die Ware, welche zuerst, als die Ware, welche zuletzt auftritt etc., aus der Zirkulation heraus, wird konsumiert; wenn hingegen Geld den Anfangs- und Endpunkt der Zirkulation bildet, so kann das zuletzt erscheinende Geld immer wieder aufs neue dieselbe Bewegung beginnen, es bleibt überhaupt nur solange Kapital, als es dies tut. Nur der Geldbesitzer, welcher sein Geld diese Art von Umlauf durchmachen lässt, ist Kapitalist.

Der Gebrauchswert ist also nie als unmittelbarer Zweck des Kapitalisten zu behandeln. Auch nicht der einzelne Gewinn, sondern nur die rastlose Bewegung des Gewinnes. Dieser absolute Bereicherungstrieb, die leidenschaftliche Jagd auf den Tauschwert ist dem Kapitalisten mit dem Schatzbildner gemein, aber während der Schatzbildner nur der verrückte Kapitalist, ist der Kapitalist der gescheite Schatzbildner.

Am augenfälligsten tritt die Tendenz: kaufen, um teurer zu verkaufen, beim Handelskapital hervor, allein auch das industrielle Kapital hat ganz dieselbe Tendenz.

Meist wird angenommen, der Mehrwert entsteht dadurch, dass die Kapitalisten ihre Waren über deren eigentlichen Wert verkaufen. Dieselben Kapitalisten, welche verkaufen, müssen aber auch kaufen, müssten also gleichfalls Waren über deren Wert bezahlen, so dass, wenn jene Annahme richtig wäre, die Kapitalistenklasse niemals ihr Ziel erreichen könnte. Sieht man aber ab von der Klasse und betrachtet nur die einzelnen Kapitalisten, so stellt sich folgendes heraus: Ein Kapitalist kann wohl z. B. Wein zum Betrage von 40 Taler gegen Korn im Betrage von 50 Taler eintauschen, so dass er beim Verkaufe 10 Taler gewinnt, allein die Wertsumme dieser beiden Waren bleibt nach wie vor 90 Taler und ist lediglich anders verteilt. Hätte der eine dem andern direkt 10 Taler gestohlen, so stände es nicht anders. »Krieg ist Raub«, sagt Franklin, »Handel ist Prellerei«. Mehrwert entsteht also auf solche Weise nicht. Auch der Wucherer, der direkt für Geld mehr Geld eintauscht, erzeugt keinen Mehrwert. Er zieht nur vorhandenen Wert aus fremder Tasche in die seinige. Es entsteht daher, mögen sich die einzelnen Kapitalisten gegenseitig noch sosehr beschwindeln, durch Kauf und Verkauf allein keinesfalls Mehrwert. Dieser wird vielmehr außerhalb der Zirkulationssphäre geschaffen und in derselben nur realisiert, versilbert.

Geld heckt nicht, und Waren vermehren sich auch nicht von selbst, mögen sie noch sooft die Hände wechseln. Es muss also mit der Ware, nachdem sie gekauft ist und ehe sie wieder verkauft wird, etwas passieren, was deren Wert erhöht. Sie muss auf der Zwischenstation verbraucht werden.

Um aber aus dem Verbrauch einer Ware Tauschwert herauszuziehen, müsste der Geldbesitzer auf dem Markte eine Ware finden, welche die wunderbare Eigenschaft hätte, sich während ihres Verbrauchs in Wert zu verwandeln, deren Verbrauch also Wertschöpfung wäre. Und in der Tat findet der Geldbesitzer auf dem Markte solche Ware: die Arbeitskraft.

Unter Arbeitskraft oder Arbeitsvermögen verstehen wir den Inbegriff der physischen und geistigen Fähigkeiten, die in der Leiblichkeit, der lebendigen Persönlichkeit eines Menschen existieren und die er in Bewegung setzt, sooft er Gebrauchswert irgendeiner Art produziert.

Damit ein Mensch seine eigene Arbeitskraft als Ware feilbiete, muss er vor allem über sie verfügen können, eine freie Person sein, und um dies zu bleiben, darf er sie stets nur zeitweise verkaufen. Verkauft er sie ein für allemal, so würde er sich aus einem Freien in einen Sklaven verwandeln, aus einem Warenbesitzer in Ware.

Ein freier Mensch ist gezwungen, seine eigene Arbeitskraft als Ware zu Markte zu führen, sobald er außerstand ist, andere Waren zu verkaufen, in denen seine Arbeit bereits vergegenständlicht ist. Will jemand seine Arbeit in Waren verkörpern, so muss er Produktionsmittel (Rohstoffe, Werkzeuge etc.) besitzen und zudem Lebensmittel, wovon er bis zum Verkauf seiner Ware zehrt. Entblößt von solchen Dingen kann er platterdings nicht produzieren und bleibt ihm zum Verkauf nur die eigene Arbeitskraft.

Zur Verwandlung von Geld in Kapital muss der Geldbesitzer also den freien Arbeiter auf dem Warenmarkt vorfinden, frei in dem Doppelsinne, dass er als freie Person über seine Arbeitskraft als seine Ware verfügt, dass er andererseits andere Waren nicht zu verkaufen hat, los und ledig, frei ist von allen zur Betätigung seiner Arbeitskraft nötigen Sachen. Mit anderen Worten: Der Arbeiter darf kein Sklave sein, darf aber auch außer seiner Arbeitskraft kein Besitztum haben, muss ein Habenichts sein, wenn ihn der Geldbesitzer genötigt finden soll, seine Arbeitskraft zu verkaufen.

Es ist dies jedenfalls kein Verhältnis, das naturgesetzlich begründet werden kann, denn die Erde erzeugt nicht auf der einen Seite Geld- und Warenbesitzer und auf der andern bloße Besitzer von Arbeitskraft. Die geschichtliche Entwicklung und eine ganze Reihe von ökonomischen und sozialen Umwälzungen haben dies Verhältnis erst geschaffen.

Die Ware Arbeitskraft besitzt wie jede andere Ware einen Wert, der bestimmt wird durch die zur Produktion – hier auch zur Reproduktion – des Artikels notwendigen Arbeitszeit. Der Wert der Arbeitskraft ist daher gleich dem Wert der zur Erhaltung ihres Besitzers notwendigen Lebensmittel. Unter Erhaltung ist hier natürlich dauernde Erhaltung, welche Fortpflanzung einbegreift, zu verstehen. So wird der Tauschwert der Arbeitskraft bestimmt, ihr Gebrauchswert zeigt sich erst beim Verbrauch derselben.

Der Verzehr von Arbeitskraft, wie von jeder andern Ware, vollzieht sich außerhalb des Bereichs der Warenzirkulation, weshalb wir letztere verlassen müssen, um dem Geldbesitzer und dem Besitzer von Arbeitskraft nach der Stätte der Produktion zu folgen. Hier wird sich zeigen, nicht nur wie das Kapital produziert, sondern auch wie Kapital produziert wird.

Haben wir bisher nur freie, kurz, ebenbürtige Personen miteinander verkehren sehen, die nach Gutdünken über das Ihrige verfügen, kaufen und verkaufen, so bemerken wir schon beim Scheiden von unserem bisherigen Schauplatze und indem wir den handelnden Personen zur Produktionsstätte folgen, dass sich die Physiognomien derselben verändern. Der ehemalige Geldbesitzer schreitet voran als Kapitalist, der Arbeitskraftbesitzer folgt ihm nach als sein Arbeiter; der eine bedeutungsvoll schmunzelnd und geschäftseifrig, der andere scheu, widerstrebsam, wie jemand, der seine eigene Haut zu Markt getragen und nun nichts anderes zu erwarten hat als die – Gerberei.

Die Grundlage der kapitalistischen Produktionsweise

Der Verbrauch der Arbeitskraft ist die Arbeit selbst. Der Käufer der Arbeitskraft verzehrt sie, indem er ihren Verkäufer arbeiten lässt.

Der Arbeitsprozess besteht zunächst darin, dass der Mensch Naturstoffe nach seinen Zwecken umformt. Die Naturstoffe selbst sind ursprünglich vorhanden. Alles, was der Mensch unmittelbar vom Erdganzen loslöst, sind von Natur aus vorgefundene Arbeitsgegenstände; Dinge hingegen, an denen bereits menschliche Arbeit vollzogen wurde und die nur weiterverarbeitet werden, sind Rohstoffe. Zu den ersteren gehört z. B. das Erz, welches aus seiner Ader losgebrochen wird, zu den letzteren das bereits losgebrochene Erz, welches eingeschmolzen wird.

Arbeitsmittel sind jene Dinge, welche der Mensch zur Bearbeitung von Arbeitsgegenständen benützt. Solche Arbeitsmittel können bloßes Naturprodukt sein oder bereits menschliche Arbeit in sich bergen: allgemeines Arbeitsmittel ist und bleibt die Erde selbst.

Das Resultat des Arbeitsprozesses ist das Produkt. Produkte können in verschiedenen Formen aus dem Arbeitsprozess hervorgehen. Sie mögen nur zur Konsumtion taugen oder nur zu Arbeitsmitteln oder nur als Rohmaterial (Halbfabrikat) verwendbar sein, das weiterer Verarbeitung bedarf, oder in verschiedener Weise dienen, wie z. B. die Traube als Konsumtionsmittel und als Rohmaterial des Weines. Sobald Produkte zur Erzeugung anderer Produkte verwendet werden, verwandeln sie sich in Produktionsmittel.

Kehren wir nun nach diesen allgemeinen Erklärungen zum kapitalistischen Produktionsprozess zurück!

Nachdem der Geldbesitzer Produktionsmittel und Arbeitskraft gekauft hat, lässt er letztere die ersteren konsumieren, d. h. in Produkte, verwandeln. Der Arbeiter verzehrt gleichsam Produktionsmittel, indem er deren Formen ändert. Das Resultat dieses Prozesses sind die umgestalteten Produktionsmittel, in welche während ihres Formenwechsels neue Arbeit eingegangen ist, sich vergegenständlicht hat. Diese verwandelten Dinge, die Produkte, gehören aber nicht den Arbeitern, die sie erzeugt haben, sondern dem Kapitalisten. Denn er hat nicht nur die Produktionsmittel gekauft, sondern auch die Arbeitskraft und die ersteren durch Zusatz der letzteren sozusagen zur Gärung gebracht. Der Arbeiter spielt hierbei nur die Rolle eines selbsttätigen Produktionsmittels.

Der Kapitalist fabriziert Artikel nicht für eigenen Hausgebrauch, sondern für den Markt, also Waren. Aber damit allein ist ihm keineswegs gedient. Ihm gilt's, Waren zu fabrizieren, deren Wert höher ist als die Wertsumme der zu ihrer Erzeugung nötigen Produktionsmittel und Arbeitskraft, kurz, er verlangt Mehrwert.

Die Erlangung von Mehrwert ist eigentlich die einzige Triebfeder, welche den Geldbesitzer anspornt, sein Geld in Kapital zu verwandeln und zu produzieren. Sehen wir zu, wie dieses Ziel erreicht wird!

Wie schon bemerkt, wird der Wert jeder Ware durch die zu ihrer Herstellung notwendige Arbeitszeit bestimmt; wir müssen daher auch die vom Kapitalisten produzierte Ware in die darin verkörperte Arbeitszeit auflösen.

Nehmen wir an, das Rohmaterial zur Herstellung eines Artikels koste 3 Taler und das, was an Arbeitsmitteln aufgeht, koste 1 Taler; nehmen wir ferner an, diese 4 Taler repräsentierten das Wertprodukt von 2 zwölfstündigen Arbeitstagen, so ergibt sich, dass zunächst in dem fertigen Artikel 2 Arbeitstage vergegenständlicht sind. Rohmaterial und Arbeitsmittel werden aber nicht von selbst zu Ware, sondern nur durch Vermittelung von Arbeit; es ist also nachzusehen, wieviel Arbeitszeit der gedachte Produktionsprozess beansprucht. Gesetzt, sie daure nur 6 Stunden und es seien auch gerade nur 6 Stunden nötig, um den Wert der angewandten Arbeitskraft zu ersetzen. Der Tageswert der Arbeitskraft ist bestimmt durch den Wert der zu ihrer Erzeugung resp. Erhaltung täglich verbrauchten Waren. Kostet deren Herstellung daher 6 Arbeitsstunden, so wird der Tageswert der Arbeitskraft in 6 Arbeitsstunden ersetzt und drückt sich nach unserer obigen Annahme in einem Preise von 1 Taler aus. In dem fertigen Produkt stecken also im ganzen 2½ Arbeitstage, oder sein Gesamtpreis beträgt 5 Taler; aber 5 Taler hat der Kapitalist selbst dafür gezahlt, 4 für Rohmaterial und Arbeitsmittel, 1 für Arbeitskraft. Dass bei solcher Gelegenheit kein Mehrwert herauskommen kann, liegt auf der Hand. Dem Kapitalisten passt dies aber nicht in den Kram: Er will Mehrwert haben, sonst tut er nicht mit. Das Rohmaterial ist unerbittlich, auch die Arbeitsmittel sind es. Sie enthalten soundso viel Arbeitszeit und haben ihren bestimmten Wert, welchen der Kapitalist bezahlen muss, aber sie vermehren sich nicht. Bleibt noch die angekaufte Arbeitskraft. Der Kapitalist sieht ein, dass der Arbeiter täglich soviel Lebensmittel braucht als in 6 Arbeitsstunden herstellbar sind, d. h. Lebensmittel zum Preise von 1 Taler, somit zahlt er ihm für seine tägliche Arbeitskraft 1 Taler. Er sieht aber nicht ein, weshalb sich nun die also angekaufte Arbeitskraft auch nur 6 Stunden täglich betätigen solle, verlangt vielmehr, dass sie sich täglich 12 Stunden lang betätigen, d.h. eine Zeit hindurch, die in unserem Falle einen Wert von 2 Talern erzeugt. Das Rätsel löst sich. Wir sahen, dass innerhalb 6 Stunden für 3 Taler Rohmaterial und für 1 Taler Arbeitsmittel durch die Arbeitskraft, welche ebenfalls 1 Taler kostet, in ein Produkt verwandelt wurden, das 5 Taler wert ist bzw. 2½ Arbeitstage enthält. Ohne der Arbeitskraft gegenüber mehr als 1 Taler auszugeben, lässt nun aber der Schlaumeier von Kapitalist dieselbe nicht 6, sondern 12 Stunden lang wirken, lässt sie in dieser Zeit nicht Rohmaterial für 3, sondern für 6 Taler und nicht Arbeitsmittel für 1, sondern für 2 Taler aufzehren und erhält auf diese Weise ein Produkt, in welchem 5 Arbeitstage vergegenständlicht sind und das somit 10 Taler wert ist. Ausgegeben hat er aber nur: für Rohmaterial 6 Taler, für Arbeitsmittel 2 Taler und für Arbeitskraft 1 Taler, zusammen 9 Taler. Das fertige Produkt enthalt also jetzt einen Mehrwert von 1 Taler.

Man sieht, es kann nur dadurch Mehrwert entstehen, dass die Arbeitskraft sich in einem höheren Grade betätigt, als zum Ersatz ihres eigenen Werts notwendig ist. Deutlicher: Der Mehrwert entspringt aus unbezahlter Arbeit.

Um den Grad, in welchem die Arbeitskraft Mehrwert erzeugt, kennenzulernen, muss man das zur Produktion verwandte Kapital in zwei Teile zerlegen, wovon der eine in Rohmaterial und Arbeitsmittel, der andere in Arbeitskraft angelegt ist. Werden z. B. 5.000 Taler in der Weise bei der Produktion verausgabt, dass man für 4100 Taler Rohstoffe und Arbeitsmittel und für 900 Taler Arbeitskraft verbraucht, und beträgt der Wert der fertigen Ware 5900 Taler, so scheint es, als ob ein Mehrwert von 18% erzeugt worden sei, wenn man sich nämlich einbildet, der gewonnene Mehrwert entspringe aus dem ganzen verauslagten Kapital. Für 4100 Taler Rohmaterial und Arbeitsmittel sind aber ihrem Werte nach unverändert geblieben, nur ihre Form ist eine andere geworden; die Arbeitskraft hingegen, für welche man 900 Taler vorschoss, hat während dem Verbrauch des Rohmaterials und der Arbeitsmittel denselben einen Wert von 1800 Taler zugesetzt und mithin einen Mehrwert von 900 Taler erzeugt. Der Kapitalist hat daher aus der Arbeitskraft einen Mehrwert von 100% herausgeschlagen, denn sie hat ihre Erzeugungskosten zweifach ersetzt, aber nur einfach erhalten; sie ist während einer Hälfte der Arbeitszeit umsonst verausgabt worden.

Da mögen sich die Kapitalisten und ihre Professoren drehen und wenden, wie sie wollen, von »Entbehrungslohn«, von »Risiko« usw. usw. faseln, es ist umsonst. Arbeitsmaterial und Arbeitsmittel bleiben, was sie sind, und schaffen von selbst keine neuen Werte; es ist die Arbeitskraft und nur die Arbeitskraft, welche Mehrwert zu erzeugen vermag.

Der Arbeitstag

Unter gleichbleibenden Produktionsbedingungen ist die notwendige Arbeitszeit, welche der Arbeiter braucht, um den vom Kapitalisten ihm gezahlten Wert resp. Preis seiner Arbeitskraft zu ersetzen, eine durch diesen Wert selbst begrenzte Größe. Sie zählt z. B. 6 Stunden, wenn die Erzeugung der im Durchschnitt berechneten täglichen Lebensmittel des Arbeiters 6 Arbeitsstunden kostet. Je nachdem dann die Mehrarbeit, welche dem Kapitalisten den Mehrwert liefert, 4, 6 etc. Stunden währt, zählt der ganze Arbeitstag 10, 12 etc. Stunden. Je länger die Mehrarbeit, desto länger unter diesen Umständen der Arbeitstag.

Doch ist die Mehrarbeit und mit ihr der Arbeitstag nur innerhalb gewisser Grenzen ausdehnbar. Wie z. B. ein Pferd durchschnittlich nur 8 Stunden täglich zu arbeiten vermag, so kann auch der Mensch täglich nur eine bestimmte Zeit lang arbeiten. Es kommen dabei nicht nur physische, sondern auch moralische Bedingungen in Rechnung. Es handelt sich nicht allein darum, wieviel Zeit der Mensch braucht, um zu schlafen, zu essen, sich zu reinigen etc., sondern auch darum, welche geistigen und sozialen Bedürfnisse er befriedigen muss, was durch den allgemeinen Kulturzustand einer Gesellschaft bestimmt ist. Diese Schranken, welche dem Arbeitstage gesteckt sind, zeigen aber immerhin so große Dehnbarkeit, dass man Arbeitstage von 8, 10, 12, 14, 16, 18 und noch mehr Stunden nebeneinander antrifft.

Kürzer muss also ein Arbeitstag jedenfalls sein als ein Lebenstag von 24 Stunden, allein es fragt sich: um wieviel? Der Kapitalist hat darüber ganz eigene Ansichten. Als Kapitalist ist er nur ein personifiziertes Kapital. Seine Seele ist die Kapitalseele. Das Kapital hat aber einen einzigen Lebenstrieb, den Trieb, sich zu verwerten, Mehrwert zu schaffen, mit seinem konstanten Teile, den Produktionsmitteln, die größtmögliche Masse von Mehrarbeit einzusaugen. Das Kapital ist verstorbene Arbeit, die sich nur vampirmäßig belebt durch Einsaugung lebendiger Arbeit und um so mehr lebt, je mehr sie davon einsaugt. Der Kapitalist kauft die Arbeitskraft als eine Ware und sucht gleich jedem anderen Käufer aus dem Gebrauchswert seiner Ware den größtmöglichen Nutzen herauszuschlagen, aber der Besitzer der Arbeitskraft, der Arbeiter, spricht schließlich auch ein Wort darein, indem er sich etwa folgendermaßen dem Kapitalisten gegenüber vernehmen lässt:

Die Ware, die ich Dir verkauft habe, unterscheidet sich von dem anderen Warenpöbel dadurch, dass ihr Gebrauch Wert schafft und größeren Wert, als sie selbst kostet. Dies war der Grund, warum Du sie kauftest. Was auf Deiner Seite als Verwertung von Kapital erscheint, ist auf meiner Seite überschüssige Verausgabung von Arbeitskraft. Du und ich kennen auf dem Marktplatze nur ein Gesetz, das des Warenaustausches. Und der Konsum der Ware gehört nicht dem Verkäufer, der sie veräußert, sondern dem Käufer, der sie erwirbt. Dir gehört daher der Gebrauch meiner täglichen Arbeitskraft. Aber vermittelst ihres täglichen Verkaufspreises muss ich sie täglich reproduzieren und daher von neuem verkaufen können. Abgesehen von dem natürlichen Verschleiß durch Alter etc. muss ich fähig sein, morgen mit demselben Normalzustande von Kraft, Gesundheit und Frische zu arbeiten wie heute. Du predigst mir beständig das Evangelium der »Sparsamkeit« und »Enthaltung«. Nun gut! Ich will wie ein vernünftiger, sparsamer Wirt mein einziges Vermögen, die Arbeitskraft, haushalten und mich jeder tollen Verschwendung derselben enthalten. Ich will täglich nur so viel von ihr flüssig machen, in Bewegung, in Arbeit umsetzen, als sich mit ihrer Normaldauer und gesunden Entwicklung verträgt. Durch maßloses Verlängern des Arbeitstages kannst Du in einem Tag ein größeres Quantum meiner Arbeitskraft flüssig machen, als ich in drei Tagen ersetzen kann. Was Du so an Arbeit gewinnst, verliere ich an Arbeitssubstanz. Die Benutzung meiner Arbeitskraft und die Beraubung derselben sind ganz verschiedene Dinge. Wenn die Durchschnittsperiode, die ein Durchschnittsarbeiter bei vernünftigem Arbeitsmaße leben kann, 30 Jahre beträgt, ist der Wert meiner Arbeitskraft, den Du mir einen Tag in den andern zahlst, $1/(365*30)$ oder $1/10950$ ihres Gesamtwertes. Konsumierst Du sie aber in 10 Jahren, so zahlst Du mir täglich nur $1/10950$ statt 3 mal $1/10950$ ihres Gesamtwertes, also nur $1/3$ ihres Tageswerts und bestiehlst mich daher täglich um $2/3$ des Wertes meiner Ware. Du zahlst mir eintägige Arbeitskraft, wo Du dreitägige verbrauchst. Das ist wider unsern Vertrag und das Gesetz des Warenaustausches. Ich verlange also einen Arbeitstag von normaler Länge, und ich verlange ihn ohne Appell an Dein Herz, denn in Geldsachen hört die Gemütlichkeit auf. Du magst ein Musterbürger sein, vielleicht Mitglied des Vereins zur Abschaffung der Tierquälerei und obendrein im Gerüche der Heiligkeit stehen, aber dem Ding, das Du mir gegenüber repräsentierst, schlägt kein Herz in seiner Brust. Was darin zu pochen scheint, ist mein eigener Herzschlag. Ich verlange den Normalarbeitstag, weil ich den Wert meiner Ware verlange wie jeder andere Verkäufer.

Man sieht, Kapitalist und Arbeiter berufen sich beide auf das Gesetz des Warenaustausches; nur die Gewalt kann zwischen ihren entgegengesetzten Rechtsansprüchen entscheiden. Und so stellt sich in der Geschichte der kapitalistischen Produktion die Normierung des Arbeitstages als Kampf um die Schranken des Arbeitstages dar – ein Kampf zwischen dem Gesamtkapitalisten, d. h. der Klasse der Kapitalisten, und dem Gesamtarbeiter oder der Arbeiterklasse.

Aus den Berichten der englischen Fabrikinspektoren geht hervor, dass den Fabrikanten kein Mittel zu kleinlich oder zu schlecht ist, wenn es gilt, Gesetze, welche die Arbeitszeit normieren, zu umgehen resp. zu verletzen. Mit wahrem Heißhunger fallen sie über jede Minute her, die sie erhaschen können, so dass die Inspektoren selbst sie der »Minutendieberei« bezichtigen. Die Berichte aus jener Zeit, wo noch kein Normalarbeitstag existierte, oder über Geschäftszweige, wo er noch nicht existierte, sind ganz und gar haarsträubend. Die Gesundheitskommissäre sprachen sich meist dahin aus, dass eine allgemeine körperliche und geistige Verkrüppelung eintreten müsse, wenn dem Ausbeutungsunwesen des Kapitals nicht feste Schranken gesteckt würden.

Am liebsten wäre es dem Kapitalisten, wenn es anginge, dass man den Arbeitstag auf 24 Stunden festsetzte. Das beliebte Tag- und Nachtschicht-System zeugt dafür. Das Kapital fragt nicht nach der Lebensdauer der Arbeitskraft. Was es interessiert, ist einzig und allein das Maximum von Arbeitskraft, das an einem Tage flüssig gemacht werden kann. Es hat zwar sicherlich eine Ahnung davon, dass sein menschenmörderisches Gebaren ein Ende mit Schrecken nehmen muss, allein es denkt, dieses Ende werde nicht so bald herannahen. In jeder Aktienschwindelei weiß jeder, dass das Unwetter einmal einschlagen muss, aber jeder hofft, dass es das Haupt seines Nächsten trifft, nachdem er selbst den Geldregen aufgefangen und in Sicherheit gebracht hat. Das Kapital ist daher rücksichtslos gegen Gesundheit und Lebensdauer des Arbeiters, wo es nicht durch die Gesellschaft zur Rücksicht gezwungen wird.

Von Mitte des 14. bis Ende des 17. Jahrhunderts wurde auf gesetzgeberischem Wege den Arbeitern Englands ihr Arbeitstag verlängert; mindestens ebenso berechtigt ist jetzt die Gesellschaft, den Arbeitstag zu verkürzen.

Wie es indes vor der Epoche der großen Industrie um die Arbeitszeit stand, geht daraus hervor, dass z. B. noch gegen Ende des vorigen Jahrhunderts darüber geklagt wurde, dass viele Arbeiter nur 4 Tage per Woche arbeiteten. Ein eifriger Vorkämpfer der Kapitaltyrannei schlug im Jahre 1770 vor, man solle für solche, die der öffentlichen Wohltätigkeit anheimfallen, ein Arbeitshaus errichten, das ein Haus des Schreckens sein, in dem täglich 12 Stunden lang gearbeitet werden müsse. Damals sollte also eine Anstalt durch 12-stündige Arbeitszeit zu einem Hause des Schreckens gemacht werden, während 63 Jahre später in 4 Arbeitszweigen für Kinder von 13–18 Jahren die Arbeitszeit auf 12 Stunden durch die Staatsgewalt herabgesetzt und hierdurch bei den Kapitalisten ein Sturm des Unwillens erregt wurde!

Der Kampf behufs Kürzung der Arbeitszeit ward von den Arbeitern Englands seit 1802 mit Hartnäckigkeit geführt. 30 Jahre lang kämpften sie so gut wie vergebens, sie setzten zwar 5 Fabrikakte durch, allein in diesen Gesetzen stand nichts, um ihre zwangsmäßige Ausführung zu sichern. Erst mit dem Jahre 1833 begann ein Normalarbeitstag nach und nach Platz zu greifen.

Zunächst wurde die Arbeit von Kindern und jungen Personen bis zum Alter von 18 Jahren beschränkt. Es lobten die Fabrikanten gegen die betreffenden Gesetze, dann, als ihr Widerstand keinen Erfolg hatte, erfanden sie förmliche Systeme behufs Übertretung derselben.

Seit 1838 wurde der Ruf nach einem 10-stündigen Normalarbeitstag seitens der Fabrikarbeiter immer lauter und allgemeiner. 1844 wurde auch für alle Frauenzimmer über 18 Jahren die Arbeitszeit auf 12 Stunden beschränkt und ihnen Nachtarbeit untersagt. Die Arbeitszeit von Kindern unter 13 Jahren wurde gleichzeitig auf 6½ bis 7 Stunden herabgesetzt. Auch wurde den Umgehungen des Gesetzes möglichst vorgebeugt und angeordnet, dass weder Frauen noch Kinder ihre Mahlzeiten in Arbeitslokalitäten einnehmen dürfen.

Die Einschränkung der Frauen- und Kinderarbeit hatte zur Folge, dass im allgemeinen nur 12 Stunden in den der Zwangsregelung unterworfenen Fabriken gearbeitet wurde. Der Fabrikakt vom 8. Juli 1847 setzte fest, dass der Arbeitstag für Personen von 13–18 Jahren und alle Arbeiterinnen zunächst 11, vom 11. Mai 1848 ab aber 10 Stunden betragen solle.

Jetzt brach unter den Kapitalisten eine wahre Revolte aus. Als Lohnabzüge etc. die Arbeiter nicht bewogen, gegen die »Beschränkung ihrer Freiheit« zu eifern, als alle erdenklichen Kniffe, um die Kontrolle unmöglich zu machen, nichts halfen, wurde das Gesetz offen gebrochen. Nicht selten gaben Gerichtshöfe, die auch aus Kapitalisten bestanden, trotz der handgreiflichsten Gesetzesverletzungen ihren Brüdern Kapitalisten recht. Zuletzt erklärte gar einer der vier höchsten Gerichtshöfe den Wortlaut des Gesetzes für sinnlos.

Endlich riss den Arbeitern die Geduld, sie nahmen eine so drohende Haltung an, dass endlich die Kapitalisten sich zu einem Vergleich bequemen mussten, der durch den zusätzlichen Fabrikakt vom 5. August 1850 Gesetzeskraft erhielt. Er machte dem Schichtsystem ein für allemal ein Ende.

Von nun an regelte das Gesetz allmählich den Arbeitstag, obgleich immer noch bedeutende Kategorien von Arbeitern ausgenommen blieben.

Während in England, der Wiege der kapitalistischen Produktion, der Normalarbeitstag gleichsam Schritt für Schritt unter dem wütendsten Widerstände der Kapitalisten und der bewundernswertesten Ausdauer der Arbeiter erstritten wurde, rührte sich in dieser Hinsicht in Frankreich nichts, bis die Februarrevolution von 1848 mit einem Schlage einen Normalarbeitstag von 12 Stunden für alle Arbeiter brachte.

In den Vereinigten Staaten von Nordamerika begann der Kampf um einen Normalarbeitstag erst nach Abschaffung der Sklaverei. Der allgemeine Arbeiterkongress in Baltimore am 16. August 1866 forderte einen 8-stündigen Normalarbeitstag, und seitdem wird ohne Unterlass und mit wachsendem Erfolg hierfür gekämpft.

Im gleichen Jahre proklamierte der Kongress der Internationalen Arbeiter-Assoziation ebenfalls die Forderung des 8-stündigen Arbeitstags.

Kurz: Die Arbeiter aller Kulturländer haben erkannt, dass sie vor allen Dingen einen Normalarbeitstag haben müssen. Sie sind derselben Ansicht wie der Fabrikinspektor Saunders, welcher sagte: »Weitere Schritte zur Reform der Gesellschaft sind niemals mit irgendeiner Aussicht auf Erfolg durchzuführen, wenn nicht zuvor der Arbeitstag beschränkt und seine vorgeschriebene Schranke streng erzwungen wird.«

Eine sozialistische Gesellschaftsform unterstellt höhere Lebensansprüche der Arbeiter, kann also auch den Arbeitstag nicht auf die zur Erzeugung der notwendigen Lebensmittel unentbehrliche Zeit beschränken. Aber es arbeiten die Produzenten hier nur für sich selbst, nicht für kapitalistische Grundeigentümer und vornehme Müßiggänger, und es wird der Arbeitstag ungleich kürzer sein als in der heutigen Gesellschaft, weil jeder Arbeitsfähige arbeitet, weil die in der kapitalistischen Wirtschaft unvermeidliche Kraftvergeudung wegfällt und weil mit der allseitigen Bildung des Arbeiters die Produktivkraft der gesellschaftlichen Arbeit einen bisher ungeahnten Aufschwung nimmt.

Die Teilung der Arbeit

Wird der volle Wert der Arbeitskraft gezahlt und nichts davon abgezwackt, wie die Kapitalisten stets tun, sooft es angeht, so bleibt, bei gegebener Größe des Arbeitstags, über den zum Ersatz dieses Werts verwandten Zeitabschnitt hinaus nur eine festbestimmte Stundenzahl übrig, worin Mehrwert produziert werden kann. Um unter solchen Umständen dennoch die Mehrarbeit, also den Mehrwert, zu vergrößern, muss die zur Erhaltung der Arbeitskraft notwendige Arbeitszeit verkürzt werden, was nur dadurch erreichbar ist, dass die Produktivität der Arbeit erhöht, der Arbeiter also befähigt wird, dieselbe Summe von Lebensmitteln in weniger Zeit zu erzeugen.

In solchen Geschäftszweigen, welche notwendige Lebensmittel oder auch zu deren Herstellung erforderliche Produktionsmittel erzeugen, vermindert die gesteigerte Produktivität der Arbeit nicht nur die Werte der gelieferten Artikel, sondern zugleich den Wert der Arbeitskraft, da dieser durch jene geregelt wird. In allen anderen Geschäftszweigen sinkt der Preis der Arbeitskraft, wenigstens relativ, d. h. verglichen mit dem Preis der durch sie erzeugten Waren, und zwar während des ganzen Zeitraums, den die Konkurrenz braucht, um diese Waren nach und nach auf ihren neuen, durch gesteigerte Produktivität der Arbeit erniedrigten Wert herabzusetzen. Es ist daher der unwiderstehliche Trieb und die beständige Tendenz des Kapitals, die Produktivkraft der Arbeit zu steigern, um die Ware und durch die Verwohlfeilerung der Ware den Arbeiter selbst zu verwohlfeilern.

(Um Irrungen vorzubeugen, schalte ich hier ein, dass man sich hiebei nicht an die Geldausdrücke zu halten hat. Es ist gegenwärtig fast jede Ware billiger als je, besonders die Ware Arbeitskraft, die Warenpreise aber erscheinen in Geld ausgedrückt, umgekehrt, so hoch wie noch nie. Erscheinen! Denn es ist dies eben nur Schein, weil der Wert des Geldes ebenfalls ungemein gesunken ist.)

Die Entwicklung der Produktivkraft der Arbeit innerhalb der kapitalistischen Produktion bezweckt den Teil des Arbeitstages, innerhalb welchem der Arbeiter für sich selbst arbeiten muss, zu verkürzen, um gerade dadurch den andern Teil des Arbeitstages, innerhalb welchem er für den Kapitalisten umsonst arbeiten kann, zu verlängern.

Wir gehen jetzt zur Betrachtung der besonderen Produktionsmethoden über, wodurch dies Resultat erreicht wird.

Eine solche Produktionsmethode ist zunächst die Kooperation. Sie setzt voraus, dass mehr oder minder beträchtliche Kapitalien bereits in den Händen industrieller Unternehmer vorhanden sind, und entwickelt sich von selbst aus der Beschäftigung vieler Lohnarbeiter durch einen Meister.

Die Produktivkraft der Zusammenarbeitenden wird durch die räumliche Konzentrierung und gleichzeitige Wirksamkeit ihrer Einzelkräfte gesteigert, und die Produktionsmittel werden billiger. (Eine Arbeitslokalität für 100 Arbeiter kostet bedeutend weniger als 50 Werkstätten für je 2 Arbeiter. Ebenso verhält es sich mit Lager- und sonstigen Räumen wie auch hinsichtlich verschiedener Werkzeuge.)

Die Kooperation überträgt dem Kapitalisten die Rolle des Dirigierens, die in seiner Hand einen despotischen Charakter annimmt, der um so entschiedener hervortritt, je großartiger die Kooperation zur Anwendung kommt.

Aus der einfachen Kooperation entspringt die Teilung der Arbeit innerhalb der Werkstatt, welche die Manufakturperiode kennzeichnet.

Entweder vereinigte man in einem Arbeitslokal Handwerker von verschiedenen Gewerben, z. B. Stellmacher, Schmiede, Schlosser, Sattler, Lackierer etc. etc., um ein Gesamtprodukt, sage eine Kutsche, zu machen. Die früher mannigfach ausgeführte Arbeitsart jedes dieser selbstständigen Handwerke ward so schließlich in eine nur zur Kutschenmanufaktur gehörige Teilarbeit verwandelt. Oder man ließ viele

Handwerker desselben Gewerbes, z. B. Nadelmacher, in demselben Arbeitslokal nebeneinander gleichzeitig ihre Arbeit verrichten, wobei dann bald einzelne Partien von Arbeitern nur noch einzelne Teile des betreffenden Produkts fertigten und »Hand in Hand« gearbeitet ward. Diese Arbeitsmethode hat bekanntlich in einigen Produktionszweigen zu hundertfältigen Zerlegungen der Gesamtarbeit geführt und dadurch deren Produktivität großartig erhöht.

Bei solcher Arbeitsteilung wird nicht allein ungemein viel Zeit erspart, die sonst jeder Übergang von einer Teiloperation zu andern erheischte, sondern auch durch die fortwährende Gleichheit der Arbeit eine unglaubliche Gewandtheit und Geschwindigkeit des Arbeiters erzielt.

Ebenso führt eine derartige Produktionsmethode dahin, dass anstelle solcher Werkzeuge, die beim Handwerk zu verschiedenen Arbeiten benützt werden, solche treten, die nur zu ganz speziellen Verrichtungen dienen und deshalb weit tauglicher sind und die Arbeit erleichtern resp. deren Produktivität erhöhen. Zugleich wurden auf diesem Wege die materiellen Bedingungen der Maschinerie geschaffen, die aus einer Verbindung einfacher Instrumente besteht.

Da in der Manufaktur die verschiedenen Bestandteile einer Ware von ebenso vielen verschiedenen Sorten von Arbeitern angefertigt werden, jeder Teil aber nicht gleichviel Arbeit erheischt, so müssen natürlich zur Herstellung des einen Teiles mehr, zu der des anderen weniger Arbeiter verwendet werden. Je mehr Arbeiter in einem Geschäfte vereinigt sind, desto leichter kann in dieser Hinsicht das richtige Verhältnis getroffen werden. Dies ist einer der vielen Gründe für die möglichst großartige Konzentration des Kapitals.

Einige einfache Maschinen, namentlich für solche Verrichtungen, die große Kraftanstrengung erfordern, kommen bereits in der Manufakturperiode vor, wie z. B. in der Papierbereitung das Zermalmen der Lumpen in Papiermühlen, allein die spezifische Maschinerie der Manufakturperiode bleibt der aus vielen Teilarbeitern kombinierte Gesamtarbeiter.

Von den einzelnen Arbeitern haben da einige mehr Kraft, andere mehr Gewandtheit, noch andere mehr geistige Aufmerksamkeit zu entwickeln, Fähigkeiten, zu denen die einzelnen spezifisch ausgebildet werden. Der Gesamtarbeiter hingegen besitzt alle Eigenschaften, die zu den verschiedenen Teilarbeiten erforderlich sind, und führt jede derselben durch ein ausschließlich für sie bestimmtes Organ aus.

Bei allen Manufakturarbeitern sind die Kosten ihrer Ausbildung geringer als bei den Handwerkern. Sonach sinkt bei der Manufaktur dem Handwerk gegenüber der Wert der Arbeitskraft, und die Verwertung des Kapitals erhöht sich.

Der Vollständigkeit halber sei hier noch das Verhältnis zwischen der manufakturmäßigen und der gesellschaftlichen Teilung der Arbeit angedeutet Im Hinblick auf die Arbeit selbst kann man die Einteilung der Produktion in Gattungen, wie Ackerbau, Industrie etc., als Teilung der Arbeit im allgemeinen, die Unterteilungen dieser Gattungen in die verschiedenen Geschäftszweige als Teilung der Arbeit im besonderen und die Arbeitsteilung innerhalb einer Werkstatt als Teilung der Arbeit im einzelnen bezeichnen. Die Grundlage aller entwickelten und durch Warenaustausch vermittelten Teilung der Arbeit ist die Scheidung von Stadt und Land.

Manufakturmäßige Teilung der Arbeit setzt das Vorhandensein einer schon entwickelten gesellschaftlichen Teilung der Arbeit voraus. Andererseits wird die gesellschaftliche Arbeitsteilung durch die manufakturmäßige weiterentwickelt.

Der Unterschied zwischen diesen beiden Arten von Arbeitsteilung besteht hauptsächlich darin, dass jeder selbstständige Geschäftszweig Waren produziert, während die Teilarbeiter der Manufaktur keine Waren erzeugen; nur die Produkte ihrer gemeinsamen Arbeit verwandeln sich in Ware. Die manufakturmäßige Teilung der Arbeit unterstellt die unbedingte Autorität des Kapitalisten über Menschen, die bloße Glieder eines ihm gehörigen Gesamtmechanismus bilden; die gesellschaftliche Teilung der Arbeit stellt unabhängige Warenproduzenten einander gegenüber, die keine andere Autorität anerkennen als die der Konkurrenz, den Zwang, den der Druck ihrer wechselseitigen Interessen auf sie ausübt. Es ist sehr charakteristisch, dass die begeistertsten Verteidiger des Fabriksystems nichts Ärgeres gegen die allgemeine Organisation der gesellschaftlichen Arbeit zu sagen wissen, als dass eine solche die ganze Gesellschaft in eine Fabrik verwandeln würde.

Unter den Zunftgesetzen, wo die Zahl der Gesellen, die ein Meister höchstens anstellen durfte, genau bestimmt war, wie auch die ganze Tätigkeit der einzelnen Zünfte, konnte eine manufakturmäßige Teilung der Arbeit nicht eintreten, diese ist vielmehr eine ganz spezifische Schöpfung der kapitalistischen Produktionsweise.

Je weiter sich die manufakturmäßige Teilung der Arbeit entwickelt, desto einseitiger muss sich auch die Arbeitskraft der einzelnen Arbeiter ausbilden, so dass dieselbe eigentlich erst produktiv wird, wenn sie der Kapitalist gekauft und an ihre bestimmte Stelle eingesetzt hat. Der einzelne Arbeiter wird unfähig, etwas zu erzeugen, und sinkt zum Zubehör der Werkstatt des Kapitalisten herab. Wie dem auserwählten Volke auf der Stirne geschrieben stand, dass es das Eigentum Jehovas, so drückt die Teilung der Arbeit dem Manufakturarbeiter einen Stempel auf, der ihn zum Eigentum des Kapitalisten brandmarkt. Ferner bewirkt diese Arbeitsmethode mehr oder weniger eine geistige oder körperliche Verkrüppelung der Arbeiter. Letztere zeigt sich in einer ganzen Reihe von Berufskrankheiten. Erstere in allgemeiner geistiger Schlaffheit, Energielosigkeit, ja selbst völliger Stupidität.

Die Manufaktur, deren technische Grundlage das Handwerksgeschick, wie auch immer vereinseitigt, bleibt, liefert aber selbst die Maschinen, vermittelst deren die Produktionsweise von Grund aus umgewälzt und die große Industrie geschaffen wird.

Die große Industrie

Während bei der Manufaktur die Umwälzung des Produktionsprozesses von der Arbeitskraft ausgeht, geht sie bei der großen Industrie vom Arbeitsmittel aus, an die Stelle der Werkzeuge zum Handgebrauch treten hier Maschinen.

Alle entwickelte Maschinerie besteht aus drei wesentlich verschiedenen Teilen: der Bewegungsmaschine, dem Übertragungsmechanismus und der Werkzeug- oder Arbeitsmaschine. Die Bewegungsmaschine wirkt als Triebkraft des ganzen Mechanismus. Sie erzeugt ihre eigene Bewegungskraft, wie die Dampfmaschine, kalorische Maschine, elektromagnetische etc. Maschine, oder sie empfängt den Anstoß von einer Naturkraft außer ihr, wie das Wasserrad vom Wassergefäll, der Windflügel vom Wind etc. Der Übertragungsmechanismus, zusammengesetzt aus Schwungrädern, Treibwellen, Zahnrädern, Kreiselrädern, Schäften, Schnüren, Riemen, Zwischengeschirr und Vorgelege der verschiedensten Art, regelt die Bewegung, verwandelt, wo es nötig, ihre Form, z. B. aus einer senkrechten in eine kreisförmige, verteilt und überträgt sie auf die Werkzeugmaschinerie. Beide Teile des Mechanismus sind nur vorhanden, um der Werkzeugmaschine die Bewegung mitzuteilen, wodurch sie den Arbeitsgegenstand packt und zweckgemäß verändert. Dieser Teil der Maschinerie, die Werkzeugmaschine, ist es, wovon die industrielle Revolution im 18. Jahrhundert ausgeht. Sie bildet noch jeden Tag von neuem den Ausgangspunkt, sooft Handwerksbetrieb oder Manufakturbetrieb in Maschinenbetrieb übergeht.

Bei der Werkzeugmaschine findet man im großen und ganzen die Werkzeuge des Handwerkers und Manufakturarbeiters wieder, der Unterschied besteht nur darin, dass bei letzteren die Anzahl und der Umfang der Werkzeuge durch die menschlichen Organe beschränkt sind, während bei ersterer diese Schranken nicht existieren. Schon die älteste Spinnmaschine setzte 12 bis 18 Spindeln in Bewegung, der Strumpfwirkerstuhl strickt mit vielen Tausenden von Nadeln auf einmal usw.

Zunächst wurden die Arbeitsmaschinen durch Menschen in Bewegung gesetzt, dann häufig durch Pferde etc., seltener durch den unsteten Wind, mehr und mehr nahm man aber das Wasser in Anspruch. Indes war auch der Gebrauch der Wasserkraft mit verschiedenen Übelständen verbunden, welche erst die Erfindung der Dampfmaschine beseitigte. Der Sitz der Fabrik blieb jetzt nicht länger an die Örtlichkeit, das lebendige Wassergefäll, gebunden. Der Grad der Triebkraft, bisher von vorhandnen Naturumständen abhängig, ward nunmehr ganz und gar menschlicher Regelung unterworfen, und man konnte fortan mit derselben Bewegungsmaschine den weitläufigsten Übertragungsapparat und die zahlreichsten Arbeitsmaschinen treiben.

Die Fabrik weist zwei Hauptarten auf. Entweder vereinigt sie viele gleichartige Arbeitsmaschinen, von denen jede das ganze Produkt erzeugt, oder sie umschließt ein Maschinensystem, verschiedene Maschinen, von denen jede einen Teil des Produkts fertigt, so dass dasselbe durch die verschiedenen Maschinen hindurchlaufen muss, bis es vollendet ist.

Als gegliedertes System automatischer Arbeitsmaschinen, die ihre Bewegung durch Übertragungsmaschinerie von einem zentralen Automaten empfangen, besitzt der Maschinenbetrieb seine entwickelte Gestalt. An die Stelle der einzelnen Maschine tritt hier ein mechanisches Ungeheuer, dessen Leib ganze Fabriksgebäude füllt und dessen dämonische Kraft, erst versteckt durch die fast feierlich gemessene Bewegung seiner Riesenglieder, in fieberhaft tollen Wirbeltanz seiner zahllosen eigentlichen Arbeitsorgane ausbricht.

Die Maschinen selbst wurden zunächst von Handwerkern und Manufakturarbeitern verfertigt, allein bald stellte sich eine solche Produktion als ungenügend heraus, und es wurden auch die Maschinen mittelst Maschinen erzeugt.

Die von der Großindustrie bewirkte Umgestaltung der Produktionsweise ergriff nach und nach auch das Kommunikations- und Transportwesen. Es entstanden Eisenbahnen, Dampfschiffe, Telegrafen etc.

Das Kapital eignet sich alle Entdeckungen und Erfindungen sozusagen rein umsonst an. Was der Kapitalist zur Ausbeutung der Wissenschaft anwenden muss, ist nur ein kostspieliger Apparat, der doch viel billiger ist als jene Menge von Werkzeugen etc., die sonst zur Erzeugung gleich großer Warenmassen erheischt wäre.

Der Wertteil, den die Maschinerie durch ihren Verschleiß verliert, geht aufs Produkt über. Dabei ist dieser Wertteil bei der maschinenmäßigen Produktion im Verhältnis zur handwerksmäßigen kleiner, weil er sich auf eine viel größere Produktenmasse verteilt, während zugleich die Arbeitsmittel ökonomischer angewendet werden und aus dauerhafterem Material bestehen.

Die Arbeit, welche durch Anwendung einer Maschine erspart wird, muss größer sein als die Arbeit, welche zu deren Herstellung nötig ist. Die Produktivität der Maschine misst sich daher an dem Grad, worin sie menschliche Arbeit erspart. Mittelst einer Selbstspinnmaschine wird z. B. in 150 Arbeitsstunden (die Arbeitszeit der an der Maschine Beschäftigten zusammengerechnet) so viel Garn gesponnen wie mittelst des Handspinnrades in 27.000 Arbeitsstunden.

Sofern die Maschinerie Muskelkraft entbehrlich macht, wird sie zum Mittel, Arbeiter ohne Muskelkraft oder von unreifer Körperentwicklung, aber größerer Geschmeidigkeit der Glieder anzuwenden. Weiber- und Kinderarbeit war daher das erste Wort nach der kapitalistischen Anwendung der Maschinerie! Das gewaltigste Ersatzmittel von Arbeit und Arbeitern verwandelte sich damit sofort in ein Mittel, die Zahl der Lohnarbeiter zu vermehren durch Einrollierung aller Mitglieder der Arbeiterfamilie ohne Unterschied von Geschlecht und Alter unter die unmittelbare Botmäßigkeit des Kapitals. Die Zwangsarbeit für den Kapitalisten usurpierte nicht nur die Stelle des Kinderspiels, sondern auch der freien Arbeit im häuslichen Kreise innerhalb sittlicher Schranken für die Familie selbst. Der Wert der Arbeitskraft war bestimmt nicht nur durch die zur Erhaltung des individuellen erwachsenen Arbeiters, sondern durch die zur Erhaltung der Arbeiterfamilie nötige Arbeitszeit. Indem die Maschinerie alle Glieder der Arbeiterfamilie auf den Arbeitsmarkt wirft, verteilt sie den Wert der Arbeitskraft des Mannes über seine ganze Familie. Sie entwertet daher seine Arbeitskraft. Der Arbeiter verkaufte früher seine eigene Arbeitskraft, worüber er als formell freie Person verfügte. Er verkauft jetzt Weib und Kind; er wird Sklavenhändler.

Welchen Schaden die Weiberarbeit anrichtet, beweist der Umstand, dass von je 100.000 Kindern unter einem Jahre in den bestgelegenen Distrikten Englands 9.000 und in den schlimmsten, d. h. industriellen, 24.000–26.000 sterben. Die Weiber können die Kinder nicht pflegen, müssen ihnen statt der Brust schlechte, schädliche Mixturen und behufs künstlicher Erzeugung von Schlaf Opiate geben. –

Durch den überwiegenden Zusatz von Kindern und Weibern zum kombinierten Arbeitspersonal bricht die Maschinerie endlich den Widerstand, den der männliche Arbeiter in der Manufakturperiode der Despotie des Kapitals noch entgegensetzte. Die Arbeiter werden mehr und mehr verknechtet!

Maschinen verschleißen nicht nur infolge ihrer Anwendung; elementare Einwirkungen verderben sie, wenn sie nicht angewendet werden. Jede verbesserte Maschine entwertet die minder vollkommenen je nach Umfang und Wirkung der Verbesserung. Der Kapitalist ist daher bestrebt, seine Maschinerie in möglichst kurzem Zeitraum auszunutzen, d. h., aus jedem gegebenen Zeitraum soviel Arbeitszeit als möglich auszuschneiden. Er schützt sich dadurch nicht nur vor Nachteilen, sondern erlangt auch wesentliche Vorteile.

Der verlängerte Arbeitstag, ob er nun ganz ohne weiteres oder unter dem Namen »Überstunden« verlängert wird, hat den Vorteil für den Kapitalisten, dass er mehr Ware und also auch einen größeren Mehrwert erzeugen kann, ohne den in Gebäuden und Maschinerie angelegten Kapitalanteil erhöhen zu müssen.

Solange die Maschinerie in einem Produktionszweig nur noch von vereinzelten Kapitalisten angewandt wird, besitzen letztere ein Monopol und machen natürlich »sehr gute Geschäfte«; sobald sich aber der

Maschinenbetrieb verallgemeinert hat, hängt die Größe des Mehrwerts nur von der Anzahl der gleichzeitig beschäftigten Arbeiter ab und von dem Grad ihrer Ausbeutung. Darum ungeheurer Trieb des Kapitals nach Verlängerung des Arbeitstages.

Indem die kapitalistische Anwendung der Maschinerie so einerseits den Arbeitstag verlängert und eine Menge neuer Arbeitskräfte (Frauen, Kinder) in den Dienst der Produktion presst, während sie andererseits fortwährend Arbeiter »überflüssig« macht, erzeugt sie eine sogenannte Übervölkerung, deren Konkurrenz den Preis der Arbeitskraft herunterdrückt.

Die Maschinerie, welche den Arbeiter befähigt, in weniger Zeit mehr zu produzieren, ward also in der Hand des Kapitals zum Mittel, den Arbeitstag maßlos zu verlängern. Sobald aber die so in ihrer Lebenswurzel bedrohte Gesellschaft einen Normalarbeitstag gesetzlich feststellte, bemühte sich das Kapital, die Arbeitskraft so intensiv als möglich auszubeuten, d. h., den Arbeiter zu zwingen, in kürzerer Arbeitszeit so sehr tätig zu sein, wie er es während einer längeren nicht imstande wäre.

Wie wird dies Ziel erreicht? Durch verschiedene Methoden, denen zugleich bestimmte Zahlungsweisen, z. B. der Stücklohn, als Hebel dienen.

Unter den Manufakturarbeitern Englands zeigte sich nach Verkürzung der Arbeitszeit allgemein eine größere Leistungsfähigkeit. In den Fabriken, wo die Tätigkeit der Arbeiter durch die Maschinerie bestimmt wird, glaubte man anfangs, es könne eine verkürzte Arbeitszeit unmöglich die Spannung der Arbeitskraft erhöhen, allein, die Folge lehrte, dass dies eine falsche Annahme war. Bei verkürztem Arbeitstage wird teils die Geschwindigkeit der Maschinerie vermehrt, teils den einzelnen Arbeitern ein größeres Überwachungsfeld zugewiesen. Beides erheischt Verbesserungen und Abänderungen der Maschinerie.

Marx weist ziffermäßig nach, dass in England seit der gesetzlichen Verkürzung des Arbeitstages die Arbeitskraft der einzelnen Arbeiter in so hohem Grade angestrengt wurde, dass nach Verlauf weniger Jahre die Zahl der beschäftigten Arbeiter im Verhältnis zu der kolossalen Vermehrung und Ausdehnung der Fabriken bedeutend abnahm. Es wurde also aus jedem Arbeiter weit mehr Arbeit ausgepresst als früher, ja, die Presserei wurde nach und nach so unverschämt, dass die Arbeiter nur in weiterer Verkürzung der Arbeitszeit ein Rettungsmittel gegen ihren allzu raschen Verbrauch erblickten und nun schon da und dort einen 9- und 8-stündigen Arbeitstag sich erkämpft haben.

Wirkungen des entwickelten Fabrikwesens

Während es bei der Manufaktur eine ganze Stufenleiter von Arbeitern mit verschiedener Geschicklichkeit gibt, verschwinden in der Fabrik solche große Ungleichheiten; es gibt da im allgemeinen nur noch Durchschnittsarbeiter, die sich lediglich durch Alter und Geschlecht voneinander unterscheiden und daher auch nach dem Grade der Körperkraft, also nicht nach dem Grade des Geschicks verschieden belohnt werden.

Die Fabrik wendet im wesentlichen nur zweierlei Sorten Arbeiter an: solche, die wirklich an den Maschinen beschäftigt sind (auch Dampfmaschinenwärter etc. gehören hierher), und Handlanger, welche den Maschinen die Rohstoffe reichen (meist Kinder). Neben diesen beiden Hauptklassen erscheint noch das Personal, das mit der Kontrolle und Reparatur der Maschinen beschäftigt ist, wie Ingenieure, Mechaniker etc.

Musste bei der Manufaktur ein Arbeiter sein Leben lang eines Werkzeuges sich bedienen, so verdammt ihn nun die Fabrik, lebenslänglich einer Maschine zu dienen. Die Maschinerie wird missbraucht, um den Arbeiter selbst von Kindesbeinen an in den Teil einer Teilmaschine zu verwandeln. Die Herstellungskosten der Arbeitskraft werden vermindert, also auch ihr Preis, und die Abhängigkeit des Arbeiters vom Kapitalisten erreicht den höchsten Gipfel. Durch seine Verwandlung in einen Automaten tritt das Arbeitsmittel während des Arbeitsprozesses selbst dem Arbeiter als Kapital gegenüber, als tote Arbeit, welche die lebendige Arbeitskraft beherrscht und aussaugt.

Handarbeit und geistige Arbeit sind in der Fabrik vollkommen getrennt; es gibt Handarbeiter und Arbeitsaufseher. Es waltet eine kasernenmäßige Disziplin, ein despotisches Regiment. Der Kapitalist herrscht wie ein absoluter Monarch, die verschiedenen Offiziere (Direktoren, Werkführer etc.) befehlen, und die Gemeinen, die Arbeiter, haben schweigend zu gehorchen. An die Stelle der Peitsche des Sklaventreibers tritt das Strafbuch des Aufsehers. Alle Strafen lösen sich natürlich auf in Geldstrafen und Lohnabzüge, und der gesetzgeberische

Scharfsinn der Fabrik-Lykurge macht ihnen die Verletzung ihrer Gesetze womöglich noch eindringlicher als deren Befolgung.

Dies sind aber nicht die einzigen schlimmen Seiten der Fabrik; der Arbeiter wird vielmehr in der mannigfaltigsten Weise durch sie geschädigt. Die hohe Temperatur, das Getöse, der Staub wirken auf alle Sinnesorgane höchst nachteilig ein, abgesehen von der beständigen Lebensgefahr, in welcher der Arbeiter schwebt und die ihre Illustration durch zahllose Unglücksfälle jahraus, jahrein erhält. Unter solchen Umständen wird die kapitalistische Produktion nicht nur zum Ausbeutungsmittel, sondern zum systematischen Raub an den Lebensbedingungen des Arbeiters während der Arbeit, wie an Raum, Luft, Licht und persönlichen Schutzmitteln wider die lebensgefährlichen und gesundheitswidrigen Einrichtungen der Produktion, von Vorrichtungen zur Bequemlichkeit des Arbeiters gar nicht zu reden. Nennt Fourier mit Unrecht die Fabriken »gemäßigte Bagnos« (Zuchthäuser)? –

Und welche Leiden haben die Arbeiter zu bestehen, wenn ein neuer Geschäftszweig vom Handwerk- oder manufakturmäßigen Betrieb in fabrikmäßigen übergeht?! Entweder es erfolgt solch ein Übergang langsam, und die Handarbeit versucht gegen die Maschinenarbeit zu konkurrieren, oder er erfolgt rasch und wirft plötzlich eine Masse Arbeiter aufs Pflaster. Im ersteren Falle ringt eine ganze Gattung von Arbeitern jahrzehntelang mit dem Hungertod, wie die englischen Handbaumwollweber zu Anfang dieses Jahrhunderts (unter den Handwebern Sachsens, Schlesiens, Böhmens etc. spielt sich gegenwärtig ein ähnliches Schauerdrama ab); im letzteren Falle verhungern oft Tausende auf der Stelle. So schrieb 1834–35 der Gouverneur Ost-Indiens, wo die mechanische Baumwollweberei Englands plötzlich die dortigen Handfabrikate verdrängte: »Das Elend findet kaum eine Parallele in der Geschichte des Handels. Die Knochen der Baumwollweber bleichen die Ebenen von Indien.«

Jede Verbesserung der Maschinerie wirft einen Teil der Arbeiter aufs Pflaster oder verdrängt die Männer durch Weiber und diese durch Kinder. Schon um jeden Widerstand der Arbeiter unmöglich zu machen und deren Sklaverei fester zu begründen, ist das Kapital ununterbrochen darauf bedacht, ihr Geschick durch neue Maschinen überflüssig zu machen.

Man braucht sich daher nicht darüber zu verwundern, dass die Arbeiter lange Zeit die Maschinen, die Grundbedingungen der Fabrik, fanatisch bekämpften und gar oft der Zerstörung weihten. (Ihr Fehler bestand nur darin, dass sie nicht einsahen, wie vorteilhaft die Maschinen für die Menschheit an und für sich sind, und dass das Übel nur in den verkehrten herrschenden Eigentumsverhältnissen besteht, die es einzelnen ermöglichen, diese Dinge ausschließlich zu ihrem Nutzen zu verwenden.)

Durch die ungeheure, stoßweise Ausdehnungsfähigkeit des Fabrikwesens und dessen Abhängigkeit vom Weltmarkt wechseln natürlich fieberhafte Produktion und Überfüllung der Märkte mit allgemeinen Stockungen ab. Daher ist die Beschäftigung und Lebenslage der Arbeiter eine höchst unbeständige.

Zwischen den Kapitalisten rast, ausgenommen zu Zeiten besonders günstigen Geschäftsganges, heftiger Kampf ums Absatzgebiet, der durch die Waffe größtmöglicher Wohlfeilheit der Waren ausgefochten wird. Ermöglichen Maschinenverbesserungen etc. keine Unterbietung, dann muss neuerdings der Arbeiter herhalten; der Preis seiner Arbeitskraft wird heruntergedrückt.

Meist hat die Einführung des Maschinenbetriebs in einem Geschäftszweig unmittelbar zur Folge, dass in ihm die Arbeiterzahl verringert wird, während bei anderen Geschäftszweigen, die Rohstoffe für jenen beschaffen oder dessen Produkte weiterverarbeiten, die Zahl der Arbeiter zunimmt.

Neben der Manufaktur- und Fabrikarbeit läuft noch die sogenannte Hausarbeit her, eine Arbeitsart, bei welcher die Ausbeutung des Arbeiters am tollsten betrieben wird. Durch die Zerstreuung der Hausarbeiter sind dieselben weit weniger widerstandsfähig als die in den Manufakturen und Fabriken Beschäftigten. Obendrein arbeiten sie meist mit veralteten Werkzeugen, und drängen sich verschiedene Agenten zwischen sie und die Kapitalisten und saugen sie aus.

Nach und nach verwandelt sich indes in der Regel Hausarbeit in Manufaktur- und diese in Fabrikarbeit. Ein zwangsgesetzlich auferlegter Normalarbeitstag untergräbt sie, da sie neben der Fabrikarbeit überhaupt nur bei völlig schrankenloser Ausbeutung des Arbeiters haltbar ist.

Die Fabrikgesetze haben zahlreiche Erfindungen ins Leben gerufen, durch welche nicht allein ein plötzliches Beginnen und Aufhören der

Arbeit, wie es ein Normalarbeitstag bedingt, ermöglicht, sondern auch der ganze Produktionsprozess verwohlfeilert wurde. So z. B. in den Töpfereien, Tapetendruckereien, Schwefelholzfabriken etc.

Meist setzt man einen Termin fest, an welchem solche Gesetze in Kraft zu treten haben, und die Fabrikanten benützen die Zwischenzeit, um während derselben die Proletarier der Wissenschaft zur Ausklügelung neuer Erfindungen zu bestimmen, damit gleichzeitig mit dem betreffenden Gesetze resp. dem kürzeren Arbeitstage auch Einrichtungen in Kraft treten, die womöglich für den Kapitalisten mehr Gewinn eintragen als die früheren.

Im Durchschnitt können die kleineren Kapitalisten mit den großen in dieser Hinsicht nicht Schritt halten und gehen daher zugrunde. Folge hiervon ist stetige Konzentrierung des Kapitals.

Dass das Kapital gegen jedes neue Fabrikgesetz zetert und dessen Durchführung so lange für absolut unmöglich erklärt, bis dieselbe erzwungen ist, bringt schon seine Vampirnatur mit sich. Und doch ist die Fabrikgesetzgebung ein ganz natürliches Produkt des Kapitalismus, dessen eigener Fortbestand eine solche bedingt.

Dabei ist zu erinnern, dass viele dieser Gesetze leicht umgangen werden können und in der Tat in zahllosen Fällen umgangen werden, dass für die Gesundheit der Arbeiter und für Erziehung der Kinder noch immer wenig Vorkehrungen getroffen sind und dass noch eine Unmasse von Übelständen existieren, um die sich die Fabrikgesetzgebung gar nicht kümmert. (Marx hat hier vorzugsweise England im Auge; in den meisten anderen Staaten kann der Arbeiter fast ohne jedwede Schranke ausgebeutet werden.)

Bekanntlich war man zur Zeit der Handwerkerzunft bemüht, die Erzeugungsweisen der verschiedenen Waren auf das zäheste vor Umänderungen zu bewahren. Anders bei der Großindustrie, die keine Form eines Produktionsprozesses als endgültig anerkennt, vielmehr alle Produktionszweige beständig revolutioniert.

Es werden nicht nur ältere Maschinen fortwährend durch neuere verdrängt, sondern die gesellschaftliche Teilung der Arbeit erleidet ebenfalls beständige Umgestaltungen.

Wenn die Verallgemeinerung der Fabrikgesetzgebung als physisches und geistiges Schutzmittel der Arbeiterklasse unvermeidlich geworden ist, verallgemeinert und beschleunigt sie andererseits, wie bereits angedeutet, die Verwandlung zerstreuter Arbeitsprozesse auf Zwergmaßstab in kombinierte Arbeitsprozesse auf großer Stufenleiter, die Konzentration des Kapitals und das Fabriksregime selbst. Sie zerstört alle altertümlichen und Übergangsformen, wohinter sich die Herrschaft des Kapitals noch teilweise versteckt, und ersetzt sie durch seine direkte, unverhüllte Herrschaft. Sie verallgemeinert damit auch den direkten Kampf gegen diese Herrschaft!

Die Umgestaltung des Ackerbaues durch die große Industrie bringt für die Arbeiter zwar nicht die physischen Nachteile, welche der Fabrikarbeit anhaften, dafür macht sie aber desto mehr »überzählig«, ohne anderweitige Verwendung zu schaffen.

In der Sphäre der Agrikultur wirkt die große Industrie insofern am revolutionärsten, als sie das Bollwerk der alten Gesellschaft vernichtet, den »Bauer«, und ihm den Lohnarbeiter unterschiebt. Der Gegensatz zwischen Stadt und Land wird so ausgeglichen und ihr soziales Umwälzungsbedürfnis ein gemeinsames.

Je mehr die Agrikultur großindustriell betrieben wird, desto entschiedener wird nicht nur der Arbeiter ausgebeutet, sondern auch der Boden. Die kapitalistische Produktionsweise entwickelt daher nur die Technik und Kombination des gesellschaftlichen Produktionsprozesses, indem sie zugleich die Springquellen allen Reichtums untergräbt: die Erde und den Arbeiter.

Der Arbeitslohn

Der Artikel, den der Kapitalist vom Arbeiter erhält, ist eine bestimmte Menge Arbeit, wofür er eine bestimmte Menge Geld zahlt, ganz wie für bestimmte Mengen jedes anderen Artikels, für Pfunde Eisen, Ellen Tuch, Scheffel Weizen etc. Das Geld, das der Arbeiter seinerseits in Zahlung empfängt, scheint also auch, wie bei allen anderen Waren, den Wert resp. Preis der gelieferten Ware zu ersetzen, also den Wert resp. Preis der Arbeit. Man nennt dies Geld daher Arbeitslohn. Wenn man erwägt, wie fest Vorstellungen, welche unmittelbar aus den Vorgängen des täglichen Verkehrs herauswachsen, sich dem menschlichen Hirn einprägen und ihm als selbstverständliche Wahrheiten gelten, so ist leicht begreiflich, warum Kapitalisten und Arbeiter, politische Ökonomen und Sozialisten niemals auch nur die Frage aufwerfen: Existiert wirklich ein Wert resp. Preis der Arbeit, daher auch der Arbeitslohn, der nichts ist als die Versilberung jenes angeblichen Wertes resp. Preises?

Unser Leser weiß bereits, dass der Arbeitslohn nichts anderes ist als eine bloße Erscheinungsform, eine verkehrte Ausdrucksweise des Äquivalents, welches für den Wert resp. Preis der Arbeitskraft, nicht der Arbeit, gezahlt wird, dass in der Tat die Arbeitskraft selbst nur einen Wert hat, weil auch sie ein Produkt der Arbeit ist, weil ihre Produktion und Erhaltung Arbeit kostet. Aber man muss sich klarmachen, dass alle Staatsanwälte, Polizisten und Soldaten zusammengenommen der »Gesellschaft« keinen so großen Dienst leisten als diese Form – Arbeitslohn.

Der Arbeiter erhält, wie wir gesehen haben, überhaupt nur die Erlaubnis zu arbeiten, also zu leben, wenn er Zwangsarbeit für den Kapitalisten verrichtet; denn alle Arbeit, die ein Mensch anderen Menschen umsonst leisten muss, bei Strafe des Hungertodes oder auch nur auf die Gefahr hin, als Vagabund eingesperrt zu werden, ist von Natur Zwangsarbeit und zeigt, dass dieser Mensch in einem Hörigkeitsverhältnis zu einzelnen anderen Menschen oder zu einer bestimmten Klasse anderer Menschen steht, dass er also in der Tat ein Sklave und kein Freier ist. Sehen wir nun, wie dieser wirkliche Sachverhalt durch die gang und gäbe Form des Arbeitslohnes verkleidet wird.

Knüpfen wir wieder an unser früheres Beispiel an, wonach der Arbeiter täglich 12 Stunden arbeiten muss, erstens 6 Stunden, um seinen Lebensunterhalt zu gewinnen, d. h., um den ihm vom Kapitalisten gezahlten Tageswert seiner Arbeitskraft zum Betrag von 1 Taler zu ersetzen – zweitens 6 Stunden, um demselben Kapitalisten einen Mehrwert von 1 Taler zu liefern. Wird nun der Tageswert resp. Tagespreis seiner Arbeitskraft von 1 Taler als Wert resp. Preis seiner Tagesarbeit ausgedrückt, so stellt 1 Taler den Arbeitslohn zweistündiger Arbeit vor, und zwar einen dem Wert dieser Menge Arbeit genau entsprechenden Arbeitslohn, keinen Pfennig darüber noch darunter. Dem Anschein nach hat der Arbeiter daher keine Minute seiner Arbeit umsonst verrichtet. So ist jede Spur seiner Zwangsarbeit und damit seines Hörigkeitsverhältnisses ausgelöscht. Und das ist nicht alles. Wenn die Arbeit, statt Schöpferin des Werts zu sein, vielmehr selbst ein Wertding ist, kann sie auch, gleich jedem anderen Produktionsmittel, dem Produkt, in dessen Erzeugung sie verbraucht wird, nicht mehr Wert zusetzen, als sie selbst besitzt, also in unsrem Falle nicht mehr als den Wert von 1 Taler. Der zweite Taler, der dem Produkt zugewachsen ist und als Mehrwert in die Tasche des Kapitalisten wandert, kann unter dieser Voraussetzung platterdings nicht auf der zwölfstündigen, durch den Arbeitslohn von 1 Taler bereits zu ihrem vollen Werte vergüteten Arbeit des Arbeiters entspringen: Er muss aus andrer Quelle herkommen, sei es aus geheimnisvoller Selbstbefruchtung des Kapitals, sei es aus der Herkulesarbeit des Kapitalisten, und wäre in diesem Fall nur ein anderer Name für seinen eigenen Arbeitslohn.

Bei der Fronarbeit ist die Sachlage handgreiflich. Soundso viel Tage lang arbeitet der Fröner für sich selbst, und soundso viel Tage hat er Zwangsarbeit zu verrichten. Bei der Sklavenarbeit erscheint sogar derjenige Teil der Arbeitszeit, worin der Sklave nur den Wert seiner eigenen Lebensmittel ersetzt, als unbezahlt. Während hier das Eigentumsverhältnis, in welchem sich der Sklave befindet, dessen Für-sich-selbst-Arbeiten verdeckt, wird bei der Lohnarbeit durch das Geldverhältnis das Umsonst-Arbeiten des Lohnarbeiters verborgen.

Ist man aber einmal hinter das Geheimnis des Wertes resp. des Preises der Arbeit und daher auch hinter das Geheimnis des Arbeitslohnes gekommen, so kann man auch in dieser verkehrten Ausdrucksweise die Gesetze darstellen, die den Wert resp. Preis der Arbeitskraft bestimmen.

Die beiden Hauptarten des Arbeitslohnes sind Zeitlohn und Stücklohn. Da die Arbeitskraft stets nur für eine bestimmte Zeitdauer verkauft wird, nimmt auch der Lohn zunächst die Form von Taglohn, Wochenlohn etc. an. Beim Stücklohn scheint die Arbeit dagegen nicht nach ihrer Menge, sondern im Verhältnis zu dem von ihr gelieferten Produkt bezahlt zu werden.

Um beim Zeitlohn den sogenannten Arbeitspreis richtig zu schätzen, muss man als Maßeinheit die Stunde annehmen, also den Taglohn durch die Stundenzahl des Arbeitstages dividieren. Tut man dies nicht, so gelangt man zu einem irrigen Resultate. Wenn z. B. ein Arbeiter 10 und ein anderer 12 Stunden täglich arbeitet, beide aber je 1 Taler erhalten, so ist zwar ihr Tagelohn ein gleicher, nicht aber der Preis ihrer Arbeit, denn der eine erhält für die Stunde 1/10, der andere 1/12 Taler.

Wo sogenannter Stundenlohn herrscht, kann leicht eine gefährliche Situation für die Arbeiter entstehen. Es kann nämlich der Kapitalist bald verlangen, dass täglich ungewöhnlich viele, bald nur ganz wenige Stunden gearbeitet wird, so dass einmal Überanstrengung stattfindet, ein andermal selbst nicht so viel Lohn erlangt wird, als zur bloßen Lebensfristung absolut nötig ist.

Besteht ein Arbeitstag von bestimmter Dauer und wird außerdem noch sogenannte Überzeit eingeführt, was ein sehr beliebter Gebrauch ist, so deckt der gesamte Tageslohn, die Bezahlung für Überzeit eingeschlossen, nicht mehr und sehr oft weniger als den Tageswert der Arbeitskraft.

Je länger der Arbeitstag (ob ein Teil desselben als Überzeit gilt oder nicht), desto niedriger der Arbeitslohn. Je mehr eben ein Arbeiter produziert, desto weniger Arbeiter sind zur Herstellung einer bestimmten Warenmenge nötig, und das Angebot von Arbeitskraft muss steigen, deren Preis aber sinken. In den Geschäftszweigen, wo der Arbeitstag ausnahmsweise lang ist und der Kapitalist daher ungewöhnlichen Profit macht, sowohl durch die Ausdehnung der Mehrarbeit als den Abbruch am normalen Arbeitslohn – in solchen Geschäftszweigen werden allmählich auch die Warenpreise vermittelst der Konkurrenz unter ihre normale Höhe herabgedrückt, weshalb die Rückkehr zu kürzerer Arbeitszeit und höherem Arbeitslohn seitens der Kapitalisten doppelt hartnäckig bekämpft wird.

Der Stücklohn ist nur die verwandelte Form des Zeitlohns, obgleich es den Anschein hat, als ob bei dieser Lohnart der Preis der Arbeit durch die Menge des gelieferten Produkts bestimmt würde. Bei Feststellung des Stücklohnes fragt es sich immer um folgendes: Wie lange währt der übliche Arbeitstag? Wieviel Ware verfertigt ein Arbeiter von durchschnittlichem Fleiß und Geschick in dieser Zeit? Wie hoch ist unter diesen Umständen der tägliche Arbeitslohn? Stellt sich z. B. heraus, dass von einer Ware durchschnittlich 30 Stück in einem 12-stündigen Arbeitstage durch einen Arbeiter erzeugt werden, der einen Tagelohn von 1 Taler erhält, so beträgt der Stücklohn für 1 Stück dieser Ware 1 Silbergroschen, für 30 Stück 1 Taler. Für den Arbeiter erwächst somit aus diesem Wechsel der Lohnform kein Vorteil, wohl aber weiß der Kapitalist, daraus manchen Nutzen zu ziehen.

Während es beim Zeitlohn möglich ist, dass ein Arbeiter zuweilen weniger Ware erzeugt, als durchschnittlich erzielt werden sollte, während also der Arbeiter den Kapitalisten – um in der Kapitalsprache zu reden – manchmal »betrügen« kann, muss beim Stücklohn unter allen Umständen für eine bestimmte Lohnsumme auch ein bestimmtes Warenquantum gefertigt werden. Hinsichtlich der Qualität der Ware steht es ebenso; es muss dieselbe von bestimmter Güte sein. Bekrittelung der Ware und Lohnabzüge sind mit dem Stücklohn enge verwandt und werden von den Kapitalisten in Gestalt systematischer Prellerei angewendet. Auch kann der Kapitalist die Aufsichtskosten großenteils ersparen.

Bei der früher schon erwähnten Hausarbeit herrscht der Stücklohn allgemein, weil er die Aufsicht, die hier nicht möglich ist, ersetzt.

In Manufakturen und Fabriken schließt auf Grundlage des Stücklohnes der Kapitalist Kontrakte mit sogenannten Hauptarbeitern (Partieführer etc.), die unter Zuhilfenahme einer Anzahl anderer Arbeiter eine bestimmte Warenmenge für eine bestimmte Lohnsumme erzeugen und natürlich ihre Hilfsarbeiter soviel als möglich übers Ohr hauen. Der Arbeiter wird somit durch den Arbeiter ausgebeutet, dem Kapitalisten aber die Ausbeuterei erleichtert.

Der Stückarbeiter strengt, um seine Einnahme zu erhöhen, seine Kräfte bis zum äußersten an und strebt nach Verlängerung der Arbeitszeit, was aus gleichen Gründen, wie beim Zeitlohn, eine Lohnverringerung schließlich zur Folge hat. Die Arbeiter erarbeiten sich unter der Herrschaft des Stücklohnes Krankheiten und frühen Tod und sind am Ende noch schlimmer daran, als wenn sie bei Zeitlohn mäßiger arbeiten. Die Unkenntnis, welche die Arbeiter von den Gesetzen der kapitalistischen Produktionsweise haben, trägt die Hauptschuld daran.

Der Stücklohn kommt zwar schon im 14. Jahrhundert vereinzelt vor, allgemeinere Anwendung findet er aber erst mit Einführung der großen Industrie, die denselben zur Zeit ihres ersten Anstürmens hauptsächlich als Hebel zur Verlängerung der Arbeitszeit und Herabsetzung des Arbeitslohnes benutzt.

Der Erhaltungs- und Anhäufungsprozess des Kapitals

Sowenig eine Gesellschaft aufhören kann zu konsumieren, sowenig kann sie aufhören zu produzieren. In seinem stetigen Zusammenhange und dem beständigen Flusse seiner Erneuerung betrachtet, ist jeder gesellschaftliche Erzeugungsprozess zugleich Rückerzeugungs-, Erhaltungsprozess. Hat der erstere kapitalistische Form, so auch letzterer.

Der Produktionsprozess wird eingeleitet mit dem Kauf der Arbeitskraft für eine bestimmte Zeit, und diese Einleitung erneuert sich beständig, sobald der Verkaufstermin der Arbeit fällig und damit eine bestimmte Produktionsperiode, Woche, Monat etc., abgelaufen ist. Gezahlt wird der Arbeiter erst, nachdem seine Arbeitskraft gewirkt hat. Es ist ein Teil des vom Arbeiter selbst produzierten Produkts, welcher ihm in der Form des Arbeitslohns beständig zurückfließt.

Nehmen wir nun an, ein Kapitalist sei ursprünglich z. B. im Besitze von 1.000 Talern gewesen, deren Quelle wir nicht erforschen wollen, die er nun aber kapitalistisch anwendet, und zwar so, dass sie ihm jährlich einen Mehrwert von 200 Taler einbringen, den er verzehrt, so verzehrt er in 5 Jahren eine Summe, die genau so groß ist als das ursprünglich vorgeschossene Kapital. Ob sich der Kapitalist nun auch vorstellt, er habe nur Profit aufgegessen, sein ursprüngliches Kapital aber einfach erhalten, und ob auch Teile dieses Kapitals, z. B. Gebäude, Maschinerie etc., noch handgreiflich in seiner ersten Form fortbesteht, tut das alles nichts zur Sache. Der Kapitalist hat den vorgeschossenen Kapitalwert von 1.000 Talern verzehrt. Hätte er ihn nicht durch unbezahlte Arbeit ersetzt, so wäre also sein Kapital alle geworden, oder er wäre zum Betrag desselben Schuldner einer dritten Person. In diesem Falle hat sich also das Kapital in 5 Jahren reproduziert. Der vorgeschossene Kapitalwert, dividiert durch den jährlich verzehrten Mehrwert, ergibt die Jahreszahl oder die Reproduktionsperioden, nach deren Ablauf der ursprünglich vorgeschossene Kapitalwert vom Kapitalisten aufgezehrt und daher verschwunden ist. Stamme das Kapital aus eigener Arbeit oder wo immer ursprünglich her, früher oder später verwandelt es sich in Verkörperung unbezahlter, fremder Arbeit.

Die ursprünglichen Voraussetzungen für die Verwandlung von Geld in Kapital waren nicht nur Warenproduktion und Warenzirkulation. Auf dem Warenmarkt mussten Besitzer von Wert oder Geld und Besitzer der wertschaffenden Substanz, Besitzer von Produktions- und Lebensmitteln und Besitzer von Arbeitskraft, einander als Käufer und Verkäufer gegenübertreten. Diese gegebene Grundlage des kapitalistischen Produktionsprozesses wird durch ihn selbst forterhalten. Der Arbeiter selbst produziert daher beständig den sachlichen Reichtum als Kapital, ihm fremde, ihn beherrschende und ausbeutende Macht, und der Kapitalist produziert ebenso beständig die Arbeitskraft als rein persönliche, von ihren eigenen Vergegenständlichungs- und Verwirklichungsmitteln getrennte, in der bloßen Leiblichkeit des Arbeiters existierende Reichtumsquelle, kurz, den Arbeiter als Lohnarbeiter.

Selbst die individuelle Konsumtion des Arbeiters gehört zur Produktion und Reproduktion des Kapitals, sofern sie nur die Arbeitskraft instand hält, wie z. B. Maschinen durch Ölen, Putzen etc. instand gehalten werden. Was der Arbeiter persönlich verzehren muss, um arbeiten zu können, verzehrt er zum Vorteil des Kapitalisten, gleichwie Lasttiere zum Vorteil ihrer Eigentümer fressen.

Vom gesellschaftlichen Standpunkt ist also die Arbeiterklasse auch außerhalb des unmittelbaren Arbeitsprozesses ebensosehr Zubehör des Kapitals als die toten Arbeitsinstrumente. Der römische Sklave war durch Ketten, der Lohnarbeiter ist durch unsichtbare Fäden an seinen Eigentümer gebunden.

Früher machte das Kapital, wo es ihm nötig schien, sein Eigentumsrecht auf den »freien Arbeiter« durch Zwangsgesetze geltend. So war z. B. die Auswanderung der Maschinenbauer in England bis 1815 bei Strafe verboten. Zur Zeit des amerikanischen Bürgerkrieges, als die englische Baumwollindustrie total darniederlag, verlangten die Arbeiter Nationalhilfe zur Erleichterung der Auswanderung. Da gebärdeten sich die Baumwoll-Lords wie toll und meinten, man solle den Arbeitern gegen gewisse Arbeitsleistungen (Steinklopfen etc.) zwar eine geringe »Unterstützung« gewähren, damit sie nicht umkommen, aber ja nicht die Auswanderung erleichtern. Sie sprachen es ziemlich unverblümt aus, dass die Arbeiter ihre Melkkühe seien, die sie später wieder brauchten, da ohne dieselben keine Mehrwertmacherei denkbar. Das Kapitalisten-Parlament misskannte seinen Beruf auch keineswegs und tat, wie die Baumwollritter wünschten.

Der kapitalistische Produktionsprozess reproduziert also durch seinen eigenen Vorgang die Scheidung zwischen Arbeitskraft und

Arbeitsbedingungen. Er reproduziert und verewigt damit die Ausbeutungsbedingungen des Arbeiters. Er zwingt beständig den Arbeiter zum Verkauf seiner Arbeitskraft, um zu leben, und befähigt beständig den Kapitalisten zu ihrem Kauf, um sich zu bereichern. Es ist nicht mehr der Zufall, welcher Kapitalist und Arbeiter als Käufer und Verkäufer auf dem Warenmärkte gegenüberstellt. Es ist die Zwickmühle des Prozesses selbst, die den einen stets als Verkäufer seiner Arbeitskraft auf den Warenmarkt zurückschleudert und sein eigenes Produkt stets in das Kaufmittel des anderen verwandelt. In der Tat gehört der Arbeiter dem Kapital, bevor er sich dem Kapitalisten verkauft. Seine Hörigkeit ist zugleich vermittelt und zugleich versteckt durch die periodische Erneuerung seines Selbstverkaufs, den Wechsel seiner individuellen Lohnherren und die Schwankungen im Marktpreis der Arbeit. Der kapitalistische Produktionsprozess im Zusammenhange betrachtet, oder als Reproduktionsprozess, erzeugt nicht nur Ware, nicht nur Mehrwert, er erzeugt und erhält das Kapitalverhältnis selbst, auf der einen Seite den Kapitalisten, auf der anderen den Lohnarbeiter.

Bisher war die Rede davon, wie aus Kapital Mehrwert entsteht, betrachten wir nun, wie aus Mehrwert Kapital entsteht!

Angenommen, ein Kapital beträgt 10.000 Taler, dasselbe bringe jährlich einen Mehrwert von 2.000 Taler, und dieser werde stets unter gleichbleibenden Verhältnissen abermals zur Produktion verwendet, so werden aus diesen 2.000 Talern wiederum jährlich 400 Taler Mehrwert hervorgehen. Man mag nun dahingestellt sein lassen, woher die ersten 10.000 Taler stammen, man mag annehmen, ihr Besitzer (derselbe ist vielleicht ein moderner Herkules) habe sie durch eigene Arbeit geschaffen, so weiß man doch ganz genau, wie die 2.000 Taler Mehrwert entstanden, dass sie in Geld verwandelte fremde, unbezahlte Arbeit sind. Und nun erst die 400 Taler! Um diese zu produzieren, hat der Kapitalist nur dasjenige vorgestreckt (riskiert?), was er sich bereits notorisch von fremder Arbeit aneignete. Je mehr sich daher der Kapitalist unbezahlte Arbeit aneignet, desto mehr ist er befähigt, sich fernerhin unbezahlte Arbeit anzueignen. Mit anderen Worten: Je schamloser ein Kapitalist Arbeiter ausbeutet, desto leichter ist er imstande, immer mehr Arbeiter auszubeuten. »Die Arbeit«, sagt Wakefield, »schafft das Kapital, bevor das Kapital die Arbeit anwendet.«

Wir hatten erst angenommen, der Kapitalist verwende den ganzen Betrag des Mehrwerts zu Genusszwecken, sodann unterstellten wir, er verwandle den ganzen Mehrwert in neues Kapital. In Wirklichkeit findet weder das eine noch das andere ausschließlich statt, sondern es wird der Mehrwert auf beide Arten verwendet.

Die Summe des in einem Lande produzierten Mehrwerts, die in Kapital verwandelt werden könnte, ist daher immer größer als jene, welche tatsächlich in Kapital verwandelt wird. Je entwickelter die kapitalistische Produktionsweise ist, je mehr Mehrwert entsteht, desto größer sind auch Luxus und Verschwendung der Kapitalisten.

Der Kapitalist hat aber nur insoweit historischen Wert und historische Existenzberechtigung, als er vom produzierten Mehrwert möglichst wenig selbst verzehrt und möglichst viel kapitalisiert. Tut er dies, dann zwingt er die Menschheit zur Produktion um der Produktion willen und zur Schöpfung solcher Produktionsbedingungen, welche allein die Grundlage einer höheren Gesellschaftsform bilden können übrigens zwingt schon die Konkurrenz den Kapitalisten zur stetigen Ausdehnung seines Kapitals. Auch wächst ja die Herrschaft des Kapitalisten mit seiner Kapitalvermehrung, so dass Herrschsucht sich mit dem Bereicherungstrieb verbindet.

In den historischen Anfängen der kapitalistischen Produktionsweise – und jeder kapitalistische Emporkömmling macht dies historische Stadium individuell durch – herrschen Bereicherungstrieb und Geiz als absolute Leidenschaften vor.

Aber der Fortschritt der kapitalistischen Produktion schafft nicht nur eine Welt von Genüssen. Er eröffnet mit der Spekulation und dem Kreditwesen tausend Quellen plötzlicher Bereicherung. Auf einer gewissen Entwicklungshöhe wird ein konventioneller Grad von Verschwendung, die zugleich Schaustellung des Reichtums und daher Kreditmittel ist, sogar zu einer Geschäftsnotwendigkeit des Kapitalisten.

Geiz und Genusssucht werden somit in der Kapitalistenbrust zur Doppelseele. Der Geiz selbst veranlasst indes den Kapitalist nicht so sehr zu der berühmten »Entsagung« von Genüssen als zu möglichster Steigerung der Arbeiterausbeutung, Herabdrückung des Arbeitslohnes etc.

Das kapitalistische Bevölkerungsgesetz

Da, wie wir gesehen haben, ein Teil des Mehrwerts stets dem Kapital zugesetzt resp. zum Produktionsprozess verwandt wird, also das Kapital – und mit ihm der Umfang der Produktion – fortwährend wächst, so muss sich auch jener Kapitalteil beständig vermehren, der zum Ankauf von Arbeitskraft dient: der Lohnfonds.

Erwägt man nun, dass durch die kapitalistische Produktionsweise das Kapitalverhältnis selbst, auf der einen Seite der Kapitalist und auf der andern Seite der Lohnarbeiter, reproduziert wird, so begreift man, dass mit der Reproduktion des Kapitals auf erweiterter Stufenleiter auch auf der einen Seite mehr oder größere Kapitalisten und auf der anderen Seite mehr Lohnarbeiter entstehen müssen. Manchmal treten zwar Umstände ein, wie Öffnung neuer Märkte, Entstehung neuer Produktionszweige etc., welche das Wachstum des Kapitals in einem so hohen Grade steigern, dass die Zufuhr von Arbeit nicht damit Schritt hält, und dann steigt der Arbeitslohn, was dem Kapitalisten schrecklichen Kummer verursacht, allein solche Ausnahmen ändern nichts an der Regel. (Auch bei diesen Ausnahmen wartet der Kapitalist nicht, bis sich die Arbeiter durch Fortpflanzung so stark vermehrt haben, dass der Preis der Arbeitskraft sinkt. Er überlässt es ruhig den Theoretikern, ihm eine derartige Lammsgeduld zuzumuten; als schlauer Praktikus setzt er lieber demjenigen eine Prämie aus, der eine Maschine erfindet, durch welche Arbeiter freigesetzt werden können.)

Es wurde früher gezeigt, dass die Methoden, welche die Fruchtbarkeit der Arbeit erhöhen, Produktion auf stets erweiterter Stufenleiter voraussetzen, und es versteht sich von selbst, dass letztere, eine Gesellschaft vorausgesetzt, wo die Produktionsmittel Privateigentum sind, nur in dem Grade ausdehnbar ist, worin sich Produktions- und Lebensmittel in den Händen individueller Kapitalisten aufhäufen.

Der Übergang vom Handwerk und vom Kleinbetrieb überhaupt zur kapitalistischen Produktionsweise konnte sich daher nur bewerkstelligen, weil vor dem Beginne der eigentlich kapitalistischen Produktionsepoche bereits eine gewisse Kapitalanhäufung (Akkumulation) in den Händen individueller Warenproduzenten stattgefunden hatte. Man kann dieselbe die ursprüngliche Kapitalbildung nennen: Wie sie sich vollzog, wird sich später zeigen.

Kapitalanhäufung ermöglicht also die kapitalistische Produktionsweise, und diese ermöglicht wiederum Kapitalanhäufung. Nun bekämpfen sich aber gegenseitig die einzelnen Kapitalisten beständig, und ihre Waffe ist die Verwohlfeilerung der Waren. Je größer ein Kapital, desto vorteilhafter kann es zur Produktion verwendet werden, somit müssen die kleineren Kapitalisten im Konkurrenzkampfe nach und nach den größeren erliegen. Die kleineren Kapitalien werden von den größeren aufgesaugt, das Kapital konzentriert sich mehr und mehr, die Produktion findet auf immer größerer Stufenleiter statt, der Produktionsprozess selbst erleidet fortwährende Umwälzungen, alle erdenklichen Produktionszweige werden allmählich kapitalistisch betrieben, und die Produktivität wird durch dies alles beständig erhöht.

Hingegen wird gleichzeitig mit dem Wachstume des Kapitals ein stets größerer Teil davon in Arbeitsmitteln, fest, und ein kleinerer Teil in Arbeitskraft, beweglich, angelegt. Die notwendige Folge dieser fortschreitenden Veränderung des Größenverhältnisses seiner beiden Bestandteile ist, dass in demselben Grad, worin die Produktivkraft der gesellschaftlichen Arbeit zunimmt und worin die Arbeiterklasse den Kapitalreichtum vermehrt, sie gleichzeitig die Mittel schafft, eine stets zunehmende Anzahl ihrer eigenen Glieder überflüssig zu machen, freizusetzen, in sogenannte Übervölkerung zu verwandeln.

Es ist dies ein der kapitalistischen Produktionsweise eigentümliches Bevölkerungsgesetz, wie in der Tat jede besondere historische Produktionsweise ihre besonderen historisch gültigen Bevölkerungsgesetze hat. Ein von Natur endgültiges Vermehrungsgesetz existiert nur für Pflanze und Tier.

Wenn aber die Anhäufung des Kapitals Arbeiter überzählig macht, werden die überzähligen ihrerseits wieder ein Hebel der Kapitalaufhäufung. Da sich die große Industrie unaufhörlich in Umgestaltung befindet, da sie ihr gegebenes Operationsfeld oft plötzlich ausdehnen und stets neue Operationsfelder erobern muss, bedarf sie unbedingt freigesetzter, d. h. mehr oder minder unbeschäftigter, zu ihrer Verfügung stehender Arbeitermassen. Das Kapital braucht also nicht nur aktive Arbeiter, sondern auch eine industrielle Reservearmee, die es jeden Augenblick in die Produktion eingreifen lassen und wieder abstoßen kann, je nach Bedarf. Es ist natürlich, dass diese Reservearmee nicht beständig aus denselben Arbeitern besteht; jeder Arbeiter, der zeitweilig unbeschäftigt ist, gehört ihr während seiner Arbeitslosigkeit an.

Die ganze Bewegungsform der modernen Industrie erwächst also aus der beständigen Verwandlung eines Teiles der Arbeiterbevölkerung in unbeschäftigte oder halbbeschäftigte »Hände«. Dieses spezifisch kapitalistische Bevölkerungs- resp. Übervölkerungsgesetz ist Lebensbedingung der kapitalistischen Produktion.

Man hat gesehen, dass die Entwicklung der kapitalistischen Produktionsweise und Produktivität der Arbeit – zugleich Ursache und Wirkung der Kapitalvermehrung – den Kapitalisten befähigt, mit derselben Auslage von beweglichem Kapital mehr Arbeit durch größere Ausbeutung der einzelnen Arbeitskräfte flüssigzumachen. Man hat ferner gesehen, dass der Kapitalist mit demselben Kapitalwert mehr Arbeitskräfte kauft, indem in stets größerem Verhältnisse geschicktere durch ungeschicktere, reife durch unreife, männliche durch weibliche, erwachsene durch jugendliche verdrängt werden. Daraus ergibt sich, dass die Freisetzung von Arbeitern rascher vorangeht, als ohnehin bedingt wird, durch die mit dem Fortschritte der Kapitalausdehnung beschleunigte technische Umwälzung des Produktionsprozesses und die dem entsprechende Vermehrung des feststehenden (in Arbeitsmitteln angelegten) und Verringerung des beweglichen (in Arbeitskraft angelegten) Kapitalteils.

Ein Teil der Arbeiter arbeitet über die durchschnittliche Zeitdauer mit mehr als durchschnittlicher Kraftverausgabung, vermehrt dadurch die Überzähligen, und diese zwingen die ersteren (durch die Konkurrenz) zur Überarbeit! Dieses Verhältnis wird ein gewaltiges Bereicherungsmittel der einzelnen Kapitalisten und beschleunigt zugleich die Erzeugung der industriellen Reservearmee auf einem, dem Fortschritt der gesellschaftlichen Kapitalvermehrung entsprechenden Maßstab.

Im großen und ganzen sind die allgemeinen Bewegungsgesetze des Arbeitslohns ausschließlich geregelt durch das Einrücken und Austreten der industriellen Reservearmee, welche dem periodischen (in bestimmter Zeit sich stets erneuernden) Wechsel von mittlerer Produktion, Überproduktion, Stockung, Krise, mittlerer Produktion etc. entsprechen, ein Wechsel, der mit dem Fortschritt der großen Industrie immer rascher durchlaufen und selbst wieder von unregelmäßigen kleineren Schwankungen durchkreuzt wird.

Das Steigen und Sinken des Arbeitslohnes wird also nicht durch die Bewegung der ganzen Anzahl der Arbeiterbevölkerung bestimmt, sondern durch das wechselnde Verhältnis, worin die Arbeiterklasse in aktive Armeen und Reservearmeen zerfällt, durch die Zu- und Abnahme des Umfanges, in welchem die Überzähligen beschäftigt werden.

Die moderne Industrie würde auch sehr schlecht dabei fahren, wenn sich Nachfrage und Angebot der Arbeit nicht nach den jedesmaligen Verwertungsbedürfnissen des Kapitals regelten, sondern umgekehrt die Bewegung des Kapitals von der absoluten Bevölkerungsmenge abhängig wäre.

So denken sich aber die Professoren der Ökonomie den Vorgang. Nach ihnen hat die Kapitalvermehrung eine Steigerung des Arbeitslohnes im Gefolge, welche hinwiederum eine so starke Vermehrung der Arbeiterbevölkerung veranlasst, dass die Kapitalvermehrung nicht dauernd damit Schritt halten kann, daher schließlich viele Arbeiter unbeschäftigt bleiben müssen und der Arbeitslohn wieder sinkt. Umgekehrt bewirke niedriger Arbeitslohn allmählich eine solche Abnahme der Arbeiterbevölkerung, dass die Nachfrage nach Arbeit deren Zufuhr überhole, oder aber der sinkende Arbeitslohn und die gleichzeitige stärkere Ausbeutung der Arbeitskraft beschleunigten die Kapitalvermehrung, während die Arbeitervermehrung durch den niedrigen Lohn in Schach gehalten werde. Beide Fälle bewirken schließlich wieder ein Steigen des Lohnes – bis die Folgen dieses Steigens abermals zum Sinken führen.

(Diese Theorie ist anscheinend so klar, dass sich z. B. Lassalle stark davon bestechen ließ und Veranlassung nahm, das Wesentlichste davon den Arbeitern als »ökonomisches Lohngesetz« ganz besonders ans Herz zu legen.)

Marx hingegen blickt tiefer und ist in der Tat der erste, der das spezifisch kapitalistische Bevölkerungsgesetz erforschte und darlegte. Es ist noch niemals durch den Notstand der Arbeiter und – derselbe zeigt sich in einzelnen Distrikten wahrlich schlimm genug und währt oft jahrzehntelang – eine solche Verringerung der Arbeiterbevölkerung eingetreten, dass hierdurch eine Erhöhung des Arbeitslohnes hätte Platz greifen müssen. Der Mensch kann eben Unglaubliches dulden, ehe er total zugrunde geht. Man gehe doch in die Weberdistrikte und sehe nach, ob nicht trotz der jammervollsten Notlage fast lauter zahlreiche Familien angetroffen werden! Nötigenfalls wird Armenunterstützung gewährt, welche die Ärmsten der Armen zwischen Leben und Sterben erhält. Ebenso bewirkt Arbeitermangel kein Steigen des Lohnes. Wo es an Arbeitern fehlt, stellt sich eben ein dringendes Bedürfnis nach Verbesserung der Arbeitsmittel heraus, neue Maschinen werden erfunden etc., kurz, der Produktionsprozess so umgestaltet, dass die vorhandenen Arbeiter ausreichend resp. zum Teil überzählig werden. Mit solch langweiligen Dingen wie das Warten, bis sich die Arbeiter durch hohen Lohn zu rascherer Fortpflanzung verleiten lassen und dadurch mit der Zeit eine so zahlreiche Arbeiterbevölkerung schaffen, dass der Lohn wieder sinken muss, mit solch langweiligen Dingen befasst sich das Kapital nie und nimmermehr. Wenn es mehr Arbeiter braucht, so braucht es dieselben sofort und nicht erst in 10 bis 20 Jahren.

Die Zahl der beschäftigten Arbeiter wächst nicht in demselben Verhältnis wie das Kapital, sondern vielmehr mit dem Fortschritt der großen Industrie in beständig abnehmendem Verhältnis. Wenn die Anhäufung des Kapitals von der einen Seite die Nachfrage nach Arbeit vermehrt, vermehrt sie zugleich von der anderen Seite durch den Anstoß, den sie der Ausdehnung und Fortentwicklung der kapitalistischen Produktionsweise gibt, die Zufuhr »freigesetzter« Arbeiter und deren Druck auf die Beschäftigten. Die Bewegung des Gesetzes von Angebot und Nachfrage auf dieser Basis (Grundlage) vollendet die Despotie des Kapitals.

Sobald sich daher die Arbeiter organisieren, um gegen dieses Gesetz anzukämpfen resp. dessen Folgen zu brechen oder abzuschwächen, gerät das Kapital in Tobsucht und zetert über Verletzung des »ewigen und heiligen Gesetzes« der Nachfrage und Zufuhr und macht Zwangsgesetze. (Man denke z. B. an den Entwurf des Gesetzes wider den »Kontraktbruch«!)

Die verschiedenen Formen der kapitalistischen

Volksvermehrung – Massenarmut

Die Erzeugung überzähliger Arbeiter geht in verschiedenen Formen vor sich.

In vielen Zweigen der Großindustrie werden männliche Arbeiter nur bis zu einem gewissen Alter in Massen verbraucht, wovon später nur noch ein kleiner Teil in dem gleichen Geschäftszweige verwendbar bleibt, eine große Anzahl aber beständig herausgeworfen wird. Ein Teil dieser »Überflüssigen« wandert aus resp. läuft dem auswandernden Kapital nach. Eine Folge davon ist, dass die weibliche Bevölkerung rascher zunimmt als die männliche.

Auch der scheinbare Widerspruch, dass gleichzeitig Mangel und Überfluss an Arbeitern vorhanden sein kann, erklärt sich aus den Eigentümlichkeiten der kapitalistischen Produktionsweise. Einesteils braucht das Kapital verhältnismäßig größere Massen jugendlicher als erwachsener männlicher Arbeiter, anderenteils kettet die Teilung der Arbeit die Arbeiter an bestimmte Geschäftszweige. So lagen im Jahre 1866 zu London 80.000 bis 90.000 Arbeiter auf dem Pflaster, und gleichzeitig wurde in den Fabrikdistrikten über Mangel an »Händen« geklagt.

Bei dem raschen Verbrauch der Arbeitskraft durch das Kapital ist der Arbeiter von mittlerem Alter meist schon überlebt und fällt in die Reihen der Überzähligen oder muss sich bequemen, statt der bisherigen höheren niedrige (schlechter bezahlte) Arbeiten zu verrichten. Es liegt im Interesse des Kapitals, dass sich die Arbeitergenerationen rasch ablösen, so dass trotz der frühzeitigen Abnutzung immer frische Arbeitskraft in hinlänglicher Menge vorhanden ist. Dies wird erreicht durch frühzeitige Ehen, die eine notwendige Folge der Verhältnisse sind, in welchen die großindustriellen Arbeiter leben, und durch den Umstand, dass die Arbeiterkinder schon sehr bald ausgebeutet werden, »verdienen« helfen, was zu deren Erzeugung anspornt oder wenigstens nicht davon abschreckt.

Sobald sich die kapitalistische Produktion der Landwirtschaft bemächtigt, nimmt in demselben Verhältnis, in welchem auf diesem Gebiete die Kapitalvermehrung zunimmt, die Nachfrage für die ländliche Arbeiterbevölkerung ab. Je mehr der Landbau maschinenmäßig betrieben wird, desto weniger Arbeiter sind natürlich erheischt, und hier geht es nicht wie bei der Fabrikindustrie, wo die Freigesetzten wenigstens zum Teil wieder in den neuentstehenden Fabriken Unterkommen finden, während der fabrikmäßig betriebene Landbau einen immer größeren Teil des Bodens in Viehweide verwandelt. Ein Teil der Landarbeiter befindet sich daher fortwährend unterwegs vom Ackerbau zur Industrie und bildet so eine beständig fließende Quelle der städtischen Arbeitervermehrung.

Es setzt dies natürlich einen stetigen, wenn auch versteckten Arbeiterüberfluss auf dem Lande voraus, der in seinem ganzen Umfang nur dann sichtbar wird, wenn die Industrie zeitweis ungewöhnlich viele Arbeitskräfte in Anspruch nimmt. (Die Übervölkerung der Landarbeiter und deren steter Zuzug zur Industrie ist vorläufig nur in England besonders augenfällig zu beobachten, muss sich aber mit der Ausbreitung der kapitalistischen Produktionsweise nach und nach allenthalben in der gleichen Weise offenbaren.)

Die stockende Übervölkerung bildet eigentlich einen Teil der tätigen Arbeiterarmee, ist jedoch nur höchst unregelmäßig beschäftigt. Ihre Lebenslage sinkt unter die durchschnittliche Lage der arbeitenden Klassen, und gerade dieser Umstand macht sie zur breiten Grundlage eigener Ausbeutungszweige des Kapitals. Längste Arbeitszeit und niedrigster Lohn sind hier zu Hause. Wir haben bei Erwähnung der sogenannten Hausarbeit die Hauptgestalt dieser Arbeitergattung kennengelernt.

Und gerade dieses Element der Arbeiterklasse vermehrt sich am raschesten. So sonderbar es ist, ist es doch eine Tatsache, dass diejenigen Arbeiterkategorien die stärksten Familien haben, deren Arbeitslohn der niedrigste ist. Es erinnert dies an die massenhafte Vermehrung Schwacher und vielgehetzter Tierarten.

Den Bodensatz der Übervölkerung bildet die totale Verarmung, der Pauperismus. Wenn man absieht von Vagabunden, Verbrechern, Prostituierten etc., so findet man hier im wesentlichen drei verschiedene Gattungen. Erstens Arbeitsfähige, d. h. solche, die nur zeitweilig Arbeit finden können, zeitweilig aber von Unterstützung leben, Bettler sind. Zweitens Waisen- und Armenkinder, echte Kandidaten der industriellen Reservearmee, welche zu Zeiten guten Geschäftsganges massenhaft zur Produktion herangezogen werden. Drittens Verkommene, Verlumpte, Arbeitsunfähige etc. Es sind dies teils solche, welche an den durch die Teilung der Arbeit verursachten Einseitigkeiten zugrunde gehen, teils solche, die über das Normalalter eines Arbeiters hinausleben, teils Opfer der Industrie, deren Zahl mit gefährlicher Maschinerie, Bergbau, chemischen Fabriken etc. wächst, z. B. Verstümmelte, Erkrankte, Witwen etc.

Die Erzeugung resp. Verewigung dieser Elenden ist eingeschlossen in der Erzeugung der Übervölkerung und bildet mit dieser eine Existenzbedingung der kapitalistischen Produktion und der Entwicklung des Reichtums. Das Kapital weiß jedoch stets die Erhaltung der durch seine Ausbeuterei produzierten Verarmten auf die Schultern des arbeitenden Volkes abzuwälzen.

Es zeigte sich bei Erörterung der Produktion des Mehrwerts, dass alle Methoden zur Steigerung der gesellschaftlichen Produktivität der Arbeit in der kapitalistischen Form sich auf Kosten des individuellen Arbeiters entwickeln, dass alle Mittel zur Bereicherung der Produktion in Beherrschungs- und Ausbeutungsmittel der Produzenten, des Arbeiters, umschlagen, dass sie denselben in einen Teilmenschen verstümmeln, ihn zum Anhängsel der Maschine entwürdigen, mit der Qual der Arbeit ihren Inhalt vernichten, ihm die geistigen Mächte des Arbeitsprozesses entfremden, im selben Maße, worin derselbe sich die Wissenschaft als produktive Macht einverleibt, die Bedingungen, innerhalb denen er arbeitet, beständig unregelmäßiger machen, ihn während der Arbeitsverrichtung der kleinlichst gehässigen Despotie unterwerfen, seine Lebenszeit in Arbeitszeit verwandeln und sein Weib und Kind dem Kapital in den Rachen werfen. Aber alle Methoden zur Erzeugung des Mehrwerts sind zugleich Methoden der Kapitalanhäufung, und jede Kapitalanhäufung wird umgekehrt Mittel zur Entwicklung der Methoden.

Es folgt daher, dass im Maße, wie das Kapital wächst, die Lage des Arbeiters, welches immer seine Zahlung (also auch, wenn scheinbar eine Verbesserung eintritt), sich verschlechtert. Das Gesetz endlich, welches die industrielle Reservearmee stets mit Umfang und Energie der Kapitalausdehnung im Gleichgewichte hält, schmiedet den Arbeiter fester an das Kapital als (nach der griechischen Sage) den Prometheus die Keile des Hephästos an den Felsen. Es bedingt eine der Vermehrung des Kapitals entsprechende Vermehrung von Elend. Die Vermehrung von Kapital auf dem einen Pol ist also zugleich Vermehrung von Elend, Arbeitsqual, Sklaverei, Unwissenheit, Brutalisierung und moralische Degradation auf dem Gegenpol, d. h. auf Seite der Klasse, die ihr eigenes Produkt als Kapital erzeugt.

(Der engbegrenzte Raum einer Broschüre, welche auf eine massenhafte Verbreitung berechnet ist, gestattet leider die Wiedergabe der vielen statistischen und sonstigen Daten des Marxschen Werkes nicht; allein es dürfte für jeden Arbeiter unschwer sein, mit eigenen Augen zu beobachten, wie der Reichtum der Ausbeuter zunimmt und wie gleichzeitig die Arbeiter immer tiefer in Knechtschaft, Not und Elend versinken.)

Der Ursprung des modernen Kapitals

Man hat gesehen, wie Geld in Kapital verwandelt, mittelst des Kapitals Mehrwert und durch den Mehrwert abermals Kapital gemacht wird. Indes setzt die Kapitalbildung den Mehrwert, der Mehrwert die kapitalistische Produktionsweise, diese aber das Vorhandensein größerer Kapitalmassen in den Händen von Warenproduzenten voraus. Der ganze Vorgang scheint also eine Kapitalbildung zu unterstellen, welche nicht das Resultat der kapitalistischen Produktionsweise ist, sondern ihr Ausgangspunkt: eine ursprüngliche Kapitalansammlung. Die bürgerlichen Ökonomen machen es sich gewöhnlich leicht, Sie erklären einfach, dass es Anno dazumal eine Anzahl fleißiger Menschen gab, welche sich nach und nach durch Arbeit Reichtümer erwarben, während die übrigen Leute Faulenzer waren, bald in bittere Not versanken und darum nichts mehr besaßen als ihre Arbeitskraft, die sie schließlich, um leben zu können, verkaufen mussten, wodurch sie in ein Abhängigkeitsverhältnis gerieten. Und dies Verhältnis soll sich nun bis auf unsere Tage vererbt haben. Alles, was auf ökonomische Entwicklung Bezug hat, scheint recht idyllisch hergegangen zu sein, während in der Geschichte bekanntlich Eroberung, Unterjochung, Raubmord, kurz, Gewalt ausschlaggebend ist.

Die Vorbereitungen der kapitalistischen Produktionsweise sind den Lesern bekannt. Sie wissen, dass auf der einen Seite Besitzer von Produktionsmitteln und auf der andern Seite Besitzer von Arbeitskraft stehen müssen, die über das Ihrige frei verfügen können. Ferner weiß man, dass die Besitzer von Arbeitskraft nicht nur frei sein müssen insofern, als sie niemandem leiblich angehören, sondern auch frei von aller weiteren Habe, weil sie sonst nicht gezwungen wären, ihre Arbeitskraft freiwillig zu verkaufen. Endlich weiß man, wie dieses Verhältnis erhalten wird. Die Erzeugung desselben kann nichts anderes sein als die Trennung des Arbeiters von den Produktionsmitteln. Diese Operation bildet daher die »ursprüngliche« Kapitalbildung. Sie schließt eine ganze Reihe historischer Prozesse ein, und zwar eine doppelte Reihe, einerseits Auflösung der Verhältnisse, welche den Arbeiter selbst zum Eigentum dritter Personen machten, andererseits Auflösung des Eigentums der unmittelbaren Produzenten an ihren Arbeitsmitteln.

Dieser Scheidungsprozess umfasst die ganze Entwicklungsgeschichte der modernen bürgerlichen Gesellschaft, welche die Sache von selbst erklären würde, wenn die Geschichtsschreiber nicht bloß die Emanzipation des Arbeiters vom Feudalzwang, sondern auch die Umwandlung der feudalen in die moderne Ausbeutungsweise darlegen wollten. Der Ausgangspunkt dieser Entwicklung war die Knechtschaft des Arbeiters. Ihr Fortgang bestand in einem Formwechsel dieser Knechtschaft.

Obgleich die kapitalistische Produktionsweise schon im 14. und 15. Jahrhundert vorübergehend ihren Sitz in den Ländern am Mittelmeere aufschlug, datiert die Ära doch erst vom 16. Jahrhundert. Dort, wo sie aufblüht, ist die Aufhebung der Leibeigenschaft längst vollbracht und das mittelalterliche Städtewesen bereits in das Stadium seines Verfalls getreten.

Historisch epochemachend in der Geschichte des Scheidungsprozesses sind die Momente, worin große Menschenmassen plötzlich und gewaltsam von ihren Subsistenz- und Produktionsmitteln geschieden und als vogelfreie Proletarier auf den Arbeitsmarkt geschleudert werden. Die gewaltsame Vernichtung des Grund- und Bodenbesitzes der Arbeiter bildet die Grundlage des ganzen Prozesses. Dieselbe wurde in den verschiedenen Ländern unter verschiedenen Formen vollzogen. Wir nehmen England als Beispiel, weil sich dort dieser Prozess am augenfälligsten vollzog.

In England war gegen Ende des 14. Jahrhunderts die Leibeigenschaft verschwunden. Der größte Teil der Einwohnerschaft beschäftigte sich mit Ackerbau, meist gab es selbstwirtschaftende Bauern und nur eine geringe Anzahl Lohnarbeiter, welche aber zugleich ein paar Morgen zur Selbstbebauung erhielten und Anteil an den Gemeindeländereien hatten. Zu den Feudalen standen die Bauern nur noch in einem Untertanenverhältnis.

Zu Ende des 15. und Anfang des 16. Jahrhunderts, wo das Königtum zu absoluter Macht gelangte, ordnete dasselbe die Aufhebung der feudalen Gefolgschaften an, wodurch eine Menge Menschen auf den Arbeitsmarkt geschleudert wurden. Dies war aber nur ein kleines Vorspiel der Umwälzung. Ein ungleich größeres Proletariat schufen die Feudalen, indem sie bald darauf die Bauern von Grund und Boden jagten und die Gemeindeländer annektierten resp. nach Belieben Land stahlen.

Das damalige Aufblühen der flandrischen Wollmanufaktur bewirkte ein Steigen der Wollpreise, weshalb die Feudalen riesige Strecken Ackerlandes in Weideland umwandelten. Unzählige Bauernhäuser zerfielen oder wurden niedergerissen, aber die Schafzucht blühte!

Die Arbeiterklasse wurde so ohne Übergang aus dem goldenen Zeitalter ins eiserne gestürzt. Die Gesetzgebung erschrak zwar vor den Folgen dieser Umwälzung, allein die Gegenmittel, welche sie anwandte, waren ebenso erfolglos wie zweckwidrig.

Zur Zeit der Reformation wurden die Kirchengüter auch noch gestohlen und deren Untersassen verjagt resp. ins Proletariat geschleudert. Mit der Herrschaft des Oraniers Wilhelm III. gelangten auch die Kapitalmacher zur Herrschaft, welche damit eingeleitet wurde, dass der bisher nur bescheiden betriebene Diebstahl an den Staatsdomänen auf kolossaler Stufenleiter ausgeübt wurde. Endlich ging man so weit, auch die Gemeindeländereien durch Gesetze der räuberischen Lordschaft zuzusprechen, d. h., die Lords, welche diese Gesetze fabrizierten, schenkten sich selbst Volkseigentum! –

An die Stelle der unabhängigen Bauern traten neben einigen großen viele kleine, abhängige, servile Pächter. Der systematisch betriebene Landdiebstahl schuf großartige Güter für die Landlords, während derselbe gleichzeitig das Landvolk als Proletariat für die Industrie »freisetzte«, desto rascher freisetzte, je entschiedener die Umgestaltung der Landwirtschaft vom Klein- zum Großbetrieb mit den Landräubereien Schritt hielt. »Lichten« nannte man es, wenn man die Landbevölkerung scharenweis vertrieb! – Im 18. Jahrhundert verbot man den Vertriebenen auch noch das Auswandern in andere Länder, um sie gewaltsam der Industrie zuzutreiben.

Somit waren Raub der Kirchengüter (die freilich ursprünglich auch nur durch Trug und Schwindel erworben waren), Erschwindelung von Staatsdomänen, Diebstahl am Gemeindeeigentum und Verwandlung des feudalen in modernes Staatseigentum samt der damit verbundenen Landvolksverjagung lauter hochedle Methoden der ursprünglichen Kapitalbildung. Durch sie ward das Feld für die kapitalistische Landwirtschaft erobert, der Grund und Boden dem Kapital einverleibt und der städtischen Industrie die nötige Zufuhr von vogelfreiem Proletariat geschaffen.

Die durch Auflösung der feudalen Gefolgschaften und durch Länderraub von der Scholle Verjagten, dies vogelfreie Proletariat konnte unmöglich ebenso rasch von der aufkommenden Manufaktur verwendet werden, als es entstand. Andererseits konnten die plötzlich aus ihrer gewohnten Lebenslage Herausgeschleuderten sich nicht ebenso plötzlich in die Disziplin des neuen Zustandes finden. Sie verwandelten sich massenhaft in Bettler, Räuber, Vagabunden etc. – Ende des 15. und während des ganzen 16. Jahrhunderts existierte daher in ganz Westeuropa eine Blutgesetzgebung wider Vagabundage. Die von Grund und Boden Gejagten wurden wegen »Arbeitsscheu« etc. gebrandmarkt, gepeitscht, gefoltert, zu Sklaven gemacht, ja selbst hingerichtet. Die Landräuber aber waren respektable Leute!

Es ist nicht genug, dass die Arbeitsbedingungen auf dem einen Pol als Kapital auftreten und auf dem andern Pol Menschen, welche nichts zu verkaufen haben als ihre Arbeitskraft. Es genügt auch nicht, sie zu zwingen, sich »freiwillig« zu verkaufen. Im Fortgang der kapitalistischen Produktion entwickelt sich eine Arbeiterklasse, welche sich von Geburt auf in ihr Abhängigkeitsverhältnis hineinlebt, die Organisation des Kapitals bricht jeden Widerstand, und die beständige Erzeugung von überzähligen hält den Arbeitslohn auf der möglichst niedrigen Stufe. So erhält sich die Herrschaft des Kapitalisten über den Arbeiter durch die »Naturgesetze« der kapitalistischen Produktion. Anders bei Entstehung derselben. Die aufkommende Bourgeoisie braucht und verwendet die Staatsgewalt, um den Arbeitslohn zu »regulieren«, d. h. möglichst niedrig festzusetzen, um den Arbeitstag zu verlängern und den Arbeiter selbst in Untertänigkeit zu erhalten. Auch dies spielt eine Hauptrolle bei der sogenannten ursprünglichen Kapitalbildung.

Im 14. und 15. Jahrhundert waren die Lohnarbeiter noch nicht sehr zahlreich und standen den Meistern sozial ziemlich nahe. Die Gesetzgebung über die Lohnarbeit aber war den Arbeitern stets feindlich und auf deren Ausbeutung gemünzt.

Von der gewaltsamen Verlängerung des Arbeitstages war schon früher die Rede, weshalb hier nur zu erwähnen ist, dass auch der Arbeitslohn in der ersten Zeit der kapitalistischen Produktion gesetzlich »geregelt« wurde. Es wurden nämlich die höchsten Lohnsätze festgestellt und jedem schwere Strafe angedroht, der mehr geben oder nehmen würde, weniger konnte nach Belieben gegeben oder genommen werden. Arbeiterverbindungen wurden in England vom 14. Jahrhundert bis 1825 als schwere Verbrechen behandelt!

Nachdem wir die gewaltsame Erzeugung vogelfreier Proletarier betrachtet, die blutige Disziplin, welche sie in Lohnarbeiter verwandelt, die schmutzige Haupt- und Staatsaktion, die mit dem Ausbeutungsgrade der Arbeit die Vermehrung des Kapitals polizeilich steigert, fragt es sich: Wo kommen die Kapitalisten ursprünglich her? Denn die Landräuberei schuf unmittelbar nur große Grundbesitzer.

Die Pächter, welche an die Stelle der Bauern traten, waren meist reine Habenichtse, welchen die Landlords Samen, Vieh und Ackergeräte vorschossen und sich dafür einen bestimmten Anteil am Bodenertrag ausbedungen. Sobald der Pächter durch Ausbeutung von Lohnarbeitern und Ausnutzung der vom Grundherrn geraubten Gemeindeweiden es dahin gebracht hatte, ein Betriebskapital selbst stellen zu können, machte jene ursprüngliche Teilungsweise der Zahlung einer durch Vertrag festgesetzten Bodenrente Platz. Verschiedene günstige Umstände ermöglichten es dieser neuen Art von Pächtern, sich nach und nach zu bereichern. So z. B. die noch im 16. Jahrhundert üblichen Pachtkontrakte auf 33 Jahre, die gleichzeitige Wertabnahme der edlen Metalle, die damit verbundene Preiserhöhung der Ackerbauerzeugnisse und Erniedrigung des Arbeitslohnes etc. etc. Endlich liefert die große Industrie der kapitalistischen Landwirtschaft mit den Maschinen eine feste Grundlage und vollzieht deren vollständige Trennung von der Industrie. Ein Teil der Pächter verwandelt sich in »Kapitalpächter«, ein anderer in Proletarier.

Die Entstehung des industriellen Kapitalisten ging weniger allmählich vor sich. Zweifelsohne verwandelte sich mancher kleine Zunftmeister, selbstständige Handwerker oder Lohnarbeiter in einen kleinen

Kapitalisten. Die kleinen Kapitalisten beuteten die Lohnarbeiter energisch aus, vergrößerten so ihr Kapital und wurden schließlich Kapitalisten im wahren Sinne des Wortes. In der Kindheitsperiode der kapitalistischen Produktion ging es vielfach zu wie in der Kindheitsperiode des mittelalterlichen Städtewesens, wo die Frage: wer von den entlaufenen Leibeigenen soll Meister sein und wer Diener? großenteils durch das frühere oder spätere Datum ihrer Flucht entschieden wurde. Indes entsprach der Schneckengang dieser Methode in keiner Weise den Handelsbedürfnissen des neuen Weltmarkts, welchen die Entdeckungen Ende des 15. Jahrhunderts geschaffen hatten. Aber das Mittelalter hatte zwei verschiedene Formen des Kapitals überliefert, die fast in jeder uns geschichtlich bekannten Gesellschaft existierten: das Wucher- und Kaufmannskapital.

Das durch Wucher und Handel resp. durch allerlei Schwindelei gebildete Geldkapital wurde durch die Feudalverfassung auf dem Lande und durch die Zunftverfassung in den Städten an seiner Verwandlung in industrielles Kapital behindert. Diese Schranken fielen mit der Auflösung der feudalen Gefolgschaften, der Bodenberaubung und teilweisen Verjagung des Landvolks und dem Verfall der zünftigen Städter. In Ausfuhrhäfen und auf dem flachen Lande, wo die Zünftler machtlos waren, wurden nun die Manufakturen errichtet.

Die Entdeckung der Gold- und Silberländer in Amerika, die Ausrottung und Versklavung etc. der dortigen Eingeborenen, die Eroberung und Ausplünderung von Ostindien, die Verwandlung von Afrika in ein Gehege zur Handelsjagd auf Schwarzhäute bezeichnen die Morgenröte der kapitalistischen Produktionsära. Diese sauberen Vorgänge trugen Wesentliches zur ursprünglichen Kapitalmacherei bei. Auf dem Fuße folgt der Handelskrieg der europäischen Nationen mit dem Erdrunde als Schauplatz. Die Methoden der ursprünglichen Kapitalmacherei verteilen sich mehr oder minder in gesellschaftlicher Reihenfolge namentlich auf Spanien, Portugal, Holland, Frankreich und England. In England werden sie Ende des 17. Jahrhunderts systematisch zusammengefasst in Kolonialsystem, Staatsschuldensystem, modernes Steuersystem und Protektionssystem. Sie beruhen zum Teil auf brutalster Gewalt, wie z. B. das Kolonialsystem; alle aber benutzen die Staatsgewalt, die zentralisierte und organisierte Gewalt der Gesellschaft, um die Verwandlung der feudalen in die kapitalistische Produktionsweise treibhausmäßig zu beschleunigen und die Übergänge abzukürzen. Die Gewalt ist der Geburtshelfer jeder alten Gesellschaft, die mit einer neuen schwanger geht.

Das Kolonialsystem reifte Handel und Schiffahrt und sicherte den entstehenden Manufakturen Absatzmärkte wie auch hohe Warenpreise. Der außerhalb Europas direkt erplünderte, heraus gesklavte und herausgemordete Schatz floss ins Mutterland zurück und verwandelte sich hier in Kapital.

Mit den Staatsschulden entsprang zugleich ein internationales Kreditwesen, welches oft die Quelle der ursprünglichen Kapitalentstehung in einem bestimmten Lande versteckt. Die Gemeinheiten des venezianischen Raubsystems z. B. bilden eine verborgene Grundlage des Kapitalreichtums in Holland, dem das verfallene Venedig große Geldsummen lieh. Ebenso verhält es sich zwischen Holland und England im 18. Jahrhundert und jetzt zwischen England und den Vereinigten Staaten von Nordamerika.

Manch Kapital, was heute ohne Geburtsschein in den Vereinigten Staaten auftritt, ist erst gestern in England kapitalisiertes Kinderblut.

Das Protektionssystem (Schutz- und Begünstigungssystem) war ein Kunstmittel, Fabrikanten zu fabrizieren, unabhängige Arbeiter um ihr Eigentum zu bringen, die nationalen Produktions- und Lebensmittel zu kapitalisieren und den Übergang aus der altmodischen in die moderne Produktionsweise gewaltsam abzukürzen. Auf dem europäischen Festlande floss das ursprüngliche Kapital der Industriellen zum Teil sogar direkt aus dem Staatsschatze. »Warum«, ruft Mirabeau, »so weit die Ursachen des Manufakturglanzes Sachsens vor dem Siebenjährigen Kriege suchen gehen? 180 Millionen Staatsschulden!«

Kolonialsystem, Staatsschulden, Steuerwucht, Protektion, Handelskriege etc., diese Sprösslinge der eigentlichen Manufakturperiode schwellen riesenhaft während der Kinderperiode der großen Industrie. Die Geburt der letzteren wird gefeiert durch den großen herodischen Kinderraub. Die Kinder der Armen- und Waisenhäuser wurden scharenweis den Fabrikanten verschachert und halb durch lang anhaltende Arbeit bei Tag und Nacht zu Tode geschunden, halb ausgehungert. Mit der Entwicklung der kapitalistischen Produktionsweise ging nach und nach alles Schamgefühl der öffentlichen Meinung verloren. Man rühmte alles, was Kapitalvermehrung bewirkte, sogar den infamen Negerhandel.

Gleichzeitig mit Einführung der Kindersklaverei in Europa wurde in den Vereinigten Staaten die Negersklaverei verschärft, weil der Aufschwung der englischen Baumwollfabrik die Vermehrung der Baumwollproduktion nötig machte.

Die Scheidung der Arbeiter von Arbeitsmitteln zu vollziehen, auf der einen Seite die gesellschaftlichen Produktions- und Lebensmittel in Kapital und auf der andern Seite die Volksmassen in besitzlose Lohnsklaven (»freie Arbeiter«) zu verwandeln, ist Kunstprodukt der modernen Geschichte.

Wenn das Geld, nach Augier, »mit natürlichen Blutflecken auf einer Backe zur Welt kommt«, so das Kapital von Kopf bis Zeh aus allen Poren blut- und schmutztriefend.

Worauf läuft also die ursprüngliche Kapitalmacherei hinaus? Soweit sie nicht unmittelbare Verwandlung von Sklaven und Leibeigenen in Lohnarbeiter, also bloßer Formwechsel ist, bedeutet sie nur die Auflösung des auf eigener Arbeit beruhenden Privateigentums.

Schlussbetrachtungen

Das Privateigentum des Arbeiters an seinen Produktionsmitteln ist die Grundlage des Kleinbetriebs, die notwendige Bedingung für die Entwicklung der gesellschaftlichen Produktion und der freien Individualität des Arbeiters selbst. Mit der Zeit aber steht der Kleinbetrieb der durch ihn selbst hervorgebrachten Entwicklung der Produktion im Wege; er muss der Großindustrie Platz machen. Diese kann keine zersplitterten Produktionsmittel brauchen, bedarf vielmehr der Konzentration derselben und führt daher eine solche herbei. Das zwerghafte Eigentum vieler geht in die Hände weniger über, und zwar unter schonungslosester Anwendung jeglicher Gewaltmittel.

Ist dieser Umwandlungsprozess bis zu einem gewissen Grade vollzogen, dann beginnt eine neue Form der Beraubung der Privateigentümer, die durch die Gesetze der kapitalistischen Produktion selbst durchgeführt wird. Je ein Kapitalist schlägt viele tot. An die Stelle vieler kleiner Kapitalisten tritt eine immer kleiner werdende Anzahl großer Kapitalisten.

Gleichzeitig wächst die Masse des Elends, des Drucks, der Knechtung, der Verkümmerung und der Ausbeutung, aber auch die Empörung der stets anschwellenden und durch den Mechanismus des kapitalistischen Produktionsprozesses selbst geschulten, vereinten und organisierten Arbeiterklasse.

Das Kapitalvorrecht wird zur Fessel der Produktionsweise, die mit und unter ihm aufgeblüht ist. Die Konzentration der Produktionsmittel und die Vergesellschaftung der Arbeit erreichen einen Punkt, wo sie unverträglich werden mit ihrer kapitalistischen Hülle. Sie wird gesprengt. Die Stunde des kapitalistischen Privateigentums schlägt. Die Aneigner fremden Eigentums werden enteignet.

So wird das individuelle Eigentum wiederhergestellt, aber auf Grundlage der Errungenschaften der modernen Produktionsweise. Es entsteht eine Vereinigung freier Arbeiter, welche die Erde und die durch die Arbeit selbst erzeugten Produktionsmittel gemeinsam besitzen.

Die Verwandlung des zersplitterten Eigentums in kapitalistisches dauerte sehr lange, weil es sich hier um die Aneignung des Eigentums der Volksmassen durch wenige Gewalthaber handelte; rascher wird die Umwandlung des kapitalistischen Eigentums in gesellschaftliches sich vollziehen, weil es sich hierbei nur um die Verdrängung weniger Gewalthaber (Eisenkönige, Baumwollbarone und sonstige Schlotjunker wie auch Grund-Tyrannen) durch die Volksmassen handelt.

Die Leser werden durch die im Vorstehenden auszugsweise mitgeteilten Marxschen Ausführungen so weit belehrt sein, um zu erkennen, dass die kapitalistische Produktionsweise eigentlich nur eine Übergangsform ist, die durch ihren eigenen Organismus zu einer höheren, zur genossenschaftlichen Produktionsweise, zum Sozialismus führen muss.

Nichtsdestoweniger dürfte die Frage sehr nahe liegen: auf welche Weise zuletzt das gedachte hohe Resultat realisiert wird. Nun, es wird zwar die Fortentwicklung der kapitalistischen Produktion gleichsam im Sturmschritt darauf lossteuern, allein von selbst wird die reife Frucht der Menschheit nicht in den Schoß fallen; dieselbe wird vielmehr seinerzeit gepflückt werden müssen.

Ob die allmähliche Ablösung des kapitalistischen Eigentums oder die Wegnahme des Kapitals mit einem Schlag von der Gesellschaft beliebt werden wird, oder wie sonst die Umwälzung zu besiegeln und die Eröffnung einer neuen Kulturepoche zu vollziehen ist, wird sich eben zeigen und hängt von Umständen ab, die sich nicht voraussehen lassen.

Das aber steht fest, dass jedenfalls das Volk im Vollbesitz der politischen Macht sein muss, ehe es seine soziale Neugeburt bewerkstelligen kann.

Auch darf diese Machtvollkommenheit nicht etwa bloß darin bestehen, dass jedermann freies Stimm- und Wahlrecht besitzt, denn die »Freiheit« des »auf dem allgemeinen Wahlrecht beruhenden Staats« ist nur eine Lockspeise, womit bonapartistische und borussiakische Agenten leichtgläubige Gimpel fangen. Es muss vielmehr die Selbstverwaltung des Volkes an die Stelle seines Regiertwerdens treten.

Und das Volk wird sich eine solche politische Macht erobern, desto eher, je eher es das innere Wesen der heutigen Gesellschaft erkennt und je fester es das anzustrebende Ziel ins Auge fasst.

Jeder einzelne, welcher durchdrungen ist von der Überzeugung, dass die heutige Gesellschaft fallen und einer höheren, edleren Platz machen muss und dass die arbeitenden Klassen berufen sind, mittelst des allgewaltigen Hebels politischer Macht das jetzige Gesellschaftsgebäude aus den Angeln zu heben, darf und kann keinen andern Lebensberuf haben, als seine Prinzipien auch andern einzuimpfen, ohne Unterlass die Werbetrommel zu rühren, um der roten Fahne, dem Symbol der allgemeinen Menschheitsverbrüderung, fort und fort Soldaten der sozialen Revolution zuzuführen und die glühendste Begeisterung für das anzustrebende Ideal in deren Herzen zu verpflanzen.

In Fabriken und Werkstätten, in den Dachstuben und Kellerwohnungen des Proletariats, in Gasthäusern und bei Spaziergängen, kurz, überall, wo Arbeiter sind, muss agitiert, von den Städten aufs flache Land muss die Erkenntnis getragen werden. Der Proletarier in der Bluse muss seinem Bruder im bunten Rock die Augen öffnen. Die Männer müssen ihre Frauen, die Eltern ihre Kinder in diesem Sinne unterrichten. Alle auf Volksknechtung abgesehenen, durch die Feinde der Menschheit künstlich erzeugten Vorurteile, wie z. B. der Nationalitätenschwindel, müssen verscheucht werden, und an deren Stelle muss die Bruderliebe treten, über die Grenzsteine und Fürstenkronen hinweg müssen sich die Arbeiter die Hände reichen und immer fester aneinander schließen, bis die Internationale Arbeiterassoziation eine vollzogene Tatsache ist.

Ist einmal das allgemeine Verbrüderungswerk durchgeführt, wer wollte dann den Völkern noch die Stirne bieten? Wer sollte sie hindern, kraft des geschichtlichen Rechts sich über alle sog. »erworbenen Rechte« hinwegzusetzen? Niemand. Nur so lange kann eine Klassenherrschaft bestehen, als sich ein Teil des Volkes zur Knechtung des andern Teils missbrauchen lässt, d. h. solange Massendummheit herrscht. Bis diese geschwunden, müssen alle Vorwärtsstrebenden unter Aufgebot ihrer ganzen Kräfte Aufklärung verbreiten, und niemals darf abgelassen werden vom Kampfe, dessen Feldgeschrei lautet:

Proletarier aller Länder, vereinigt Euch!